岩波文庫
31-050-4

友情

武者小路実篤作

目　次

友情

上　篇

一

野島《のじま》が初めて杉子《すぎこ》に会ったのは帝劇*の二階の正面の廊下だった。野島は脚本家をもって私《ひそ》かに任じてはいたが、芝居を見る事は稀《まれ》だった。この日も彼は友人に誘われなければ行かなかった。誘われても行かなかったかもしれない。その日は村岡《むらおか》の芝居が演《や》られるので、彼はそれを読んだ時から閉口していたから。しかし友達の仲田《なかだ》に勧《すす》められると、ふと行く気になった。それは杉子も一緒《いっしょ》に行くと聞いたので。

彼は杉子に逢《あ》ったことはなかった。しかし写真で一度見たことがあった。それは友達三、四人とうつした十二、三の時の写真だったが、彼はその写真を何気なく何度も何度も見ないわけにゆかなかった。皆の内で杉子は図ぬけて美しいばかりではなく、清い感じがしていた。彼はその写真を机の前に飾っておいたら、きっといい脚本がかきたくなるだろうと思った。しかし彼は仲田に写真をくれとはいえなかった。そしてその後仲田の処《ところ》へ行ってもう一度その写真を見せてもらうことは出来なかった。そして当人にも逢うことは出来なかった。一度、声を聞いたことがあるように思った。しかしそれは杉子ではなく、杉子の妹の声だったかもしれなかった。

彼が帝劇に行った時はまだ少し早かった。彼は廊下に出て今に仲田が妹をつれてくるかと思った。それを心待ちしていたが、若い女をつれてくる男が仲田ではないとかえって安心もした。

彼はその時、村岡が友達二、三人と何か声高《こわだか》に話しながらくるのに出あった。彼は村岡とはある会で一度あったことがあるが、目礼をしたりしなかったりする間がらだった。そしてこの頃は逢っても知らん顔をすることを努めていた。それは彼が村岡のものをよく悪口いったからである。今日やられる芝居も彼は公《おおやけ》にではないが、かなり悪口いった。元よりそれは文学をやる仲間同志でいったので法科に行っている仲田とは殆《ほと》んど文学の話はしなかった。仲田は彼が村岡のものを嫌っているなぞということは知らなかった。新らしいものだから、それに評判のいいものだから、彼もきっと見にゆくだろうときめていた。それで説明掛《せつめいがかり》ぐらいに彼をつれて芝居を見ようというのだった。彼はそれに気がついてはいた。そしてそれを迷惑にも思った。しかし断る気にはなれなかった。

彼は村岡と顔を見合せた。両方がお辞儀したそうにも見えた。しかしどっちも自分の方からさきにお辞儀しようとはしなかった。お世辞のように思われるのもいやだったのだろう。あるいは先にお辞儀して相手に見くびられるのがいやだったのだろう。少なくも村岡は彼より四つ五つ上で、世間にももう認められていた。彼は五つ六つ短かい脚本をかいたが、誰にも顧《かえり》みられなかったのは事実だ。しかし彼は自分の方から頭をさげるには、相手を軽く見ていた。

とうとうお辞儀せずに村岡は通りすぎた。彼がふとふり返った時、村岡は友達と彼の方をふり返って何かいっていた。

「あれが野島だよ」

「あれか。くだらない脚本をかく奴は」

そんなことをいっているように思った。そして急に不快を感じながら顔をそむけると、向うから仲田が、妹の杉子とやって来た。

写真よりはずっと大人らしくなったと思った。だが若々しく美しかった。

「もう、君は来ていたのか」

「ああ、少し前に」

「これが野島君だ。僕の妹だ」

二人は黙って丁寧《ていねい》にお辞儀した。

二

野島は杉子とは殆《ほと》んど話をしなかった。杉子が芝居を感心して見ているらしいのに不愉快を感じた。しかしそれは無理もないとも思った。仲田も感心しているようなことをいったが、それはむしろ彼にたいするお世辞のように見えた。

「やはり新らしいものは、我々に近い感じがするね」

そんなことを仲田がいった時、彼は別に反対する気にはなれなかった。

「飯を食おう」

仲田はそういって先にたって行った。三人は向いあって飯を食った。仲田の妹は野島のいるのを別に気にはしていないらしかった。しかし殆んど饒舌《しゃべ》らなかった。そして二人の話を別に注意して聞いてもいなかった。それよりは同じ齢頃《としごろ》の女の人がいると、その女の方を注意しているようだった。

野島はそうはゆかなかった。彼は杉子の誰よりも美しいことを感じた。そして杉子のわきにいることをこだわらないではいられなかった。いつも仲田には不遠慮になんでもいえた彼が、今日は何一つこだわらずにはいえなかった。村岡のものの悪口も彼は思い切っていえなかった。しかし彼は心のうちによろこびを感じた。そして呑気《のんき》なことばかり、いつもより調子にのって饒舌った。それがまた彼には卑しいようにも思えたが、心のよろこびはややもすると言葉となって、あふれ出て来た。そして杉子が少しでも笑うと彼は幸福を感じた。やがて幕のあくリンが聞えても彼はいつまでも其処《そこ》に腰かけていたかった。

しかし杉子はあわてて立った。

二人もあとをついて芝居を見に行った。彼はもう芝居は気にならなかった。ただ何げなく杉子の顔を見る機会をつくることに苦心した。ここに自然のつくった最も美しい花がある。しかも自分の手のとどくかもしれない処《ところ》に。しかし彼は杉子とは一言も話す機会をつかめなかった。ただ兄と話すのを聞いて、快活な、思ったことは何《な》んでも平気でいう質《たち》だと思った。そしてはっきりものをいう頭のわるくない女だと思った。

次の幕の間に彼は、とうとう聞いた。

「君の妹さんはおいくつだ」

「十六だ。まだ本当の子供だ。脊ばかり大きいが」

「そうか、僕はもう十七、八位かと思った」

彼は本当はもう十九か、二十ではないかと思っていた。十六ならまだ安心だ。自分と七つちがいだ。自分が少し有名になる時分に、丁度十九か、二十になっている。

彼はそんなことまで考えていた。彼は女の人を見ると、結婚のことをすぐ思わないではいられない人間だった。結婚したくない女、結婚出来ない女、これは彼にとっては問題にする気になれない女だった。

そういう女にいい女がいると彼は一種の嫉妬《しっと》さえ持ち兼ねなかった。女は彼にとっては妻としてより他《ほか》、値《あたい》のないものだった。結婚が彼にとってすべてであった。女はただ自分にだけたよってほしかった。

そういう彼が杉子を見て、すぐ自分の妻としての杉子を思うのは当然であった。彼はそういう女を求めていた。そして杉子がそういう女ではないかと私《ひそ》かに思っていた。ところが事実は理想的以上に見えた。自分には少し勿体《もったい》なすぎるようにさえ思えた。そして仲田が、その女を自分の妹あつかいし、馬鹿にしているのを勿体ないことをする奴だ位に感じた。

その晩、帰っても杉子のことを思わないわけにはゆかなかった。

三

二、三日たっても彼は杉子のことを忘れなかった。かえってますます理想化して来た。彼は自分の心の平静を失いかけた。次の日曜の朝に彼は仲田の処《ところ》に出かけて見たが、杉子らしい声さえ聞えなかった。彼は仲田と話しても杉子のことに気をとられて、つい仲田のいうことを聞きもらすことさえ多かった。そして何となくおちつかなかった。仲田とはロシヤ*の過激派について話していた。

「食うに困れば人間はなんでもする。日本だって今よりせめて倍も米が高くなれば黙っていたって皆、過激派になる。圧迫し切っても、何処《どこ》かにすきはあるものだ。ロシヤに過激派の起ったのは当然だ。またそれに反対するものの出るのも当然だ。当然と当然がぶつかって、殺しあうのも当然だ。だがそれでますます米がたかくなるのも当然だ。この当然を何処かで切りぬけて、皆に飯を食えるようにするのが問題だ。まあ、見ているより仕方がない」

仲田はそんな事をいっていた。

「当然だが、段々血なまぐさい方に、加速度に進んでゆきそうだ。それも当然だ。しかしもう皆、平和にあこがれているだろう。今偉大な人間が出て来て、それが民衆の希望と一つになれば大したことが出来る。しかしそれは想像以上の事実で、ロシヤには人物も沢山いるだろうから、今に事実によってある解決を与えてくれるだろう。その解決を与えてくれるもので、世界の思想が、大きな影響を受けるだろう。自分はレニンや、トロツキー以上の人物が今に頭をもちあげると思う。何処か思いもかけない処で」

野島はそんなことをいったが、心はほかにあって、いつものように興奮することは出来なかった。何かもの足りない。何かおちつかない。彼は立ったり、坐ったりした。いろいろの本をもちだしてはひろいよみした。

「君はどんな人間を尊敬する」

仲田は不意にそんなことを聞いた。

「君の妹さんのような方を」と彼はふといいたくなったが、まさか口には出せなかった。

「僕は、やはり、正義の観念の強い、意志の強い、信じることを行う人間が好きだ。しかし出来るだけ他人の運命を尊敬するものが好きだ。何といったって聖人や、神のような人は偉い、一時的の波瀾《はらん》のために浮き沈みする人間は尊敬することは出来ない。それから惨酷《さんこく》な冷たい人間は嫌いだ。いつも損をしないことばかり考えているものも嫌いだ。何処かに人間の面白味が出なければ」

この時、隣りで杉子らしい笑い声が聞えた。しかしそれはすぐ消えて、向うの室《へや》に行ったらしかった。

「君の理想はどうだ」

「僕は迷っている。今の政治家の考え、今の法律の基礎は随分白蟻《しろあり》にたかられている気がするよ。これからの政治家はどう手をつけていいかわからない。目的は世界中の平和、人類の幸福にあることはわかっている。それをまた乱さずに国民の幸福を樹立しなければならないこともわかっている。富の不平均も、殊《こと》に食えない人間の運命を今のままにしておくことのよくないことも知っている。しかしそれをどうしたら一番いいか、それはわかっているようでわかっていない。第一官吏《かんり》になる気もしないし、実業家になる気もしない。学者になりたい気もするが、嵐のなかにじっとおちついて室にこもっているのが、本当か譃かもわからない。実際、今の法科の学生は自覚をちゃんとつかんでいる人は少ないだろう。何かに動かされてはいるだろうが、それで皆議論は多いがね」

仲田は野島がうわの空で聞いているのがわかったか、話をぷつっとやめた。

「なんでもいいさ。ぶつかればわかるだろう。皆その人のもっている価値だけきり発揮出来ないのだからね」

四

野島は昼までいて、仲田の家を辞した。杉子にはとうとう逢えなかった。彼はなんだかものたりない気がして四つ角を右に曲った。すると十五、六間さきから杉子が、生花をならいに行った帰りと見えて葉蘭《はらん》を油紙につつんで持って帰ってくるのに出あった。彼は不意なのでびっくりして、立ちどまった。そして気がついて歩き出した時分に、杉子は近づいて来て少し微笑《ほほえ》み加減《かげん》にあいさつした。彼もあわてて丁寧にお辞儀した。彼は何か話しかけたかった。しかし言葉は出なかった。

杉子は通りすぎた。彼は夢中で、二、三十歩歩いてふりかえった時、もう杉子の姿は見えなかった。しかしこの僅かなことが、急に彼を別人のように快活にさせた。

物質論者にいわすと、ここに何か知らない物質が、恋する者から厚意を見せられると、血管のなかに生ずるらしい。人はその時自《おの》ずと快活にならなければならない。野島は二十三にはなっていたが、女をまだ知らなかった。

野島はこの気持を自家《うち》に帰ってももっていた。そして誰かに杉子のことを讃美して話したい気になった。彼はもう杉子のいる人生を罵《ののし》る気にはなれない。彼は自然がどうして惜し気もなくこの地上にこんな傑作をつくって、そしてそれを老いさせてしまうかわからない気がした。

ともかく彼は日本の女の内に、殊《こと》に自分の近い処《ところ》に、杉子のような女のいることを讃美し、感謝したい気になった。日記にこんなことをかいた。

「人生は空《くう》かも知れないが、そして色即是空《*しきそくぜくう》かも知れないが、このよろこびは何処《どこ》からくる。このよろこびを我らに与えてくれたものに、讃美あれよ」

彼は家にじっとしてはいられなかった。何処かに行かないと、おちつかない気になった。彼は一番親しい大宮《おおみや》を訪ねることにした。

うちにいるといいがと思ったら、やはりうちにいた。その友は小説をかいて少しずつ世間に認められて来、彼のものよりはいつもほめられていた。この事は彼を時に淋しくさせた。しかし大宮との友情はそれで傷つけられるわけはなかった。お互に尊敬していた。大宮は殊に彼の作物《*さくぶつ》に厚意を見せ、世間が悪口をいう時は、淋しがる彼を慰《なぐさ》めることに骨を折った。野島はそのことを思うと涙ぐみたい気さえした。彼が当時自信のある作をあつめて本を出した時も、大宮が自分の本でも出すように骨折ってくれた。そしてその本がある人からさんざん悪口いわれた時、大宮は彼を祝して、

「君は前に復讐を受けているのだ。君ほどよわらなくっていい人間はないと思う」

といってくれた。彼はその時、泣きたいほど大宮の友情に感じた。そして大宮を自分の知己《ちき》としてその期待を辱《はずかし》めたくないと決心した。二人はお互に慰めあい、鼓舞しあった。勿論、ある時は、お互に手きびしく批評しあって腹を立てあったこともあったが、すぐなおって、かえって相手のいうことがもっともだと気がついてあとで心のうちで感謝し、なお友情のますのをおぼえた。

大宮は彼が来たのを喜んだ。そして今まで読んでいた内村*さんの本などを見せた。大宮は内村さんのものを愛読していた。

大宮の書斎には以賽亜《イザヤ》の四十章の、

「然《さ》れどエホバを俟望《まちのぞ》むものは新なる力を得ん。

彼らは鷲の如く翼を張りて登らん。

走れども疲れず、歩めども倦《う》まざるべし」

という字が新《あらた》にかかれてピンではってあった。野島はそれを見て充実し切った、力強い言葉だと思った。

五

彼はしかし杉子のことをいい出す機会がなかった。またいおうかと思うと同時にいいたくない気もした。

二人は文壇の話や、自分たちの仕事の話や、読んだ本の話などした。そして自分たちのしなければならない仕事の困難な、しかし希望の多い話をした。

この時、大宮は今朝ある雑誌から小説をたのみに来たと話した。その雑誌は有名な雑誌で、その雑誌に小説を出すと、小説家としての存在を世間に知られることになるのだ。

彼はその話を聞いた時、やはり少し淋しくなった。物質論者ならば、その一言で野島の脳のなかに何か毒素が生れたというにちがいない、野島もまたそんな気がした。嫉妬《しっと》、そんな名のつく。彼はそれに打《う》ち克《か》とうとした。また友の成功は自分たちの成功を意味するのだとも思って見た。しかし毒素はどいてはくれなかった。自分は実際自分を信じているが、彼は自信に時々不安を感じないわけにはゆかなかった。大宮はそれにすぐ気

がついたらしかった。大宮は、

「こないだ津田にあったら君のものに随分感心していた」

といった。この一《ひと》ことは彼の毒素を消滅させるのに最もききめのある注射だった。彼は自分ながら情けないほど、他人によって自分の気分があがりさがりするのに気がつかないわけにはゆかなかった。彼は大宮と希望のある話をし、そして大宮の今度その雑誌に出す作のいいことを信じ、そして自分たちの勝利の道が近づきつつあることを祝した。帰りに彼は自分の人格のあまり上品でないことを反省した。自分は杉子の夫に値しないものだ、勉強しなければと思った。

彼は自分にたよるものを要求していた。自分を信じ、自分を讃美するものを要求していた。そして今や、杉子自身にその役をしてもらいたくなった。杉子は彼のすることを絶対に信じてくれなければならなかった。世界で野島ほど偉いものはないと杉子に思ってもらいたかった。彼の仕事を理解し、讃美し、彼のうちにある傲慢《ごうまん》な血をそのままぶちあけてもたじろがず、かえって一緒《いっしょ》によろこべる人間でなければならなかった。

しかし彼は自分を顧《かえり》みる。そして自分の尊敬する人々のことを思う。自分の力なきものだということをあまりに露骨に知らないわけにはゆかなかった。まだ二十三だ。しかしそんなに偉い素質があるだろうか。ただ自惚《うぬぼれ》にすぎなくはないか。

彼は日本の文壇の先輩を心私《ひそ》かに軽蔑していた。しかし自分の現在の仕事を思うと、彼ら以上とはいえない気がした。

彼はイブセン*や、ストリンドベルヒ、トルストイ、そんな人のことを思うと情けない気がした。自分が一体文学をやるのさえ、僭越《せんえつ》なのではないかと思った。

世界には嵐が吹きまくっている。思想の嵐が。その真唯中《まっただなか》に一本の大樹として自分が立ち上って、一歩もその嵐に自分を譲らない、その力がほしかった。

そしてその力を与えてくれるのは。

杉子だ。杉子が自分を信じてくれることだ。

「妾《わたし》はあなたを信じています。あなたは勝利を得る方です。あなたの誠実と、本気さは、あなたを何処《どこ》までも生長させます。淋しい時は妾がついています。しっかり自分の信ずる道をお歩きなさい。あなたの道は遠く、あなたは馬鹿な人からは軽蔑されます。だがあなたはあなたでなければ出来ない使命をもっていらっしゃいます」

こういってくれたら。あの美しい、清い、生々《いきいき》した純粋な杉子から。

彼は先《ま》ずその資格をつくりたいと思った。

「杉子はまだ若い。四年たてば俺だって今の俺ではない」

六

彼はそんなことを思っては見たが、杉子を十六だとは思えなかった。そして十七、八で結婚しないとも限らない。杉子は男の注意を惹《ひ》かないには美しすぎる。誰か杉子を見て心を奪われない男があろう。仲田の友達はかなり多い。それらが杉子に気がつかないわけはない。そういえばいつか仲田が妹に手紙をよこした不良青年があるようにいっていた。彼は不安を感じないわけにはゆかなかった。彼は恋するものの不安を感じないわけにはゆかなかった。

彼にも一人の妹がいて、今は夫と一緒に外国に行っていた。今年二十一になる。彼は妹が齢《とし》ごろになってから、いろいろの男の人が妹に近づこうとしたのを思い出した。妹はそう美しい女には思えなかった。しかしそれでも妹の処《ところ》にいろいろ機嫌をとりにくる者のあるのを感じた。妹が琴をならいに行っていた。其処《そこ》に尺八をならいに行っていた男が時々来たことがあった。彼はその男を嫌って、その図々しさを心配した。そして妹が笑いながら呑気《のんき》にその男と話するのを見ると、ある不安さえもった。しかし妹もその男を軽蔑していることを知って安心した。

また自分の友達で女のことときり興味をもてない男が、自分に話もないくせによく来て、妹にいろいろ土産《みやげ》をもって来たり、手紙をよこしたり、歌留多《カルタ》やトランプをしたがったりするのを気にしたこともあった。それやこれや考えると彼は齢ごろの娘をもつ親や、兄や、姉の心配をはっきり感じることが出来た。どうかして真面目《まじめ》な、そして妹のことを本当に思い、愛してくれる人が妹の夫になってくれればいいがと思った。

しかし幸に彼の妹は馬鹿ではなかった。運命が許した最もよき人を選んだ。彼はその時心から安心した。杉子のことを思うに従って餓《う》えたる狼がすきをねらっているような気がした。自分の妹より何層倍美しいかわからないだけ、彼はその心配をしないわけにはゆかなかった。

仲田は友達づきあいの多い方だった。殊《こと》に仲田の母は人ずきのいい人で、夫の無口のせいか、一人で愛想よくし、若い人たちのくるのをよろこんでいるようにも見えた。彼も仲田の母に二、三度あって、お世辞をいわれたことがあるが、彼は無愛想の方なので、この頃は仲田の母は彼の処には殆《ほと》んど出て来なくなった。

娘を射るのには先ずその母を射よ。こんなことをいって母にとり入って、首尾《しゅび》よくその娘と結婚した男の話を彼はいつか、大宮から聞いたことがあった。彼はその時かなり不愉快を感じ大宮と二人でその男の悪口をいったことがあるが、彼は杉子の母に自分の印象の面白くないことを自覚することは、今の彼にとっては少し打撃であった。

七

彼には結婚することが二人にとって幸福でなければならなかった、またよろこびでなければならなかった。杉子が自分の処《ところ》によろこんで来てくれなければ、彼の自尊心はむしろ結婚したくないと思いたがった。だが彼は杉子を失うことは考えてもたまらないことだ。

彼はその後仲田の処に三、四度行ったが、杉子には逢《あ》えなかった。杉子の学校の帰りに二度逢いに行って、一度逢った。その時杉子は四、五人の友達とうれしそうに笑いながら声高《こわだか》に話していたが、彼を見ると、いつもの人なつかしげに無邪気なあいさつをした。彼も丁寧にあいさつした。彼は実際うれしかった。

彼はある日の晩大宮の処にあそびに行った。そして彼が帰る時、大宮が送ってくれた時、彼は杉子を恋していることを白状した。大宮と仲田は友達ではなかった。しかし大宮は杉子のことを知っていた。

「その人なら僕の従妹《いとこ》と同じ学校にいる人だろう。どんな人か従妹の人に聞いて見てもいい。いい人だと思うが」

「聞けたら聞いてくれたまえ、いくら評判がわるくっても、僕は彼女を信用はするが」

「僕も一ぺん従妹の処で写真を見たかもしれない。その人なら中々綺麗《きれい》な人だった」

「中々ではまだ不服だね」

二人は笑った。

「ともかくうまくゆくといい」

「しかしまだ十六だからね」

「一、二年は大丈夫だろうが」

「今、そんな話をしたら第一当人がおどろくだろう。まだ無邪気な女だからね」

彼はうちあけたので、その後も時々、大宮の処に杉子を讃美しに出かけた。大宮は友達に、「野島のくるのもいいが、杉子の話には閉口だ」といったほど。

彼はそれを聞いて、大宮には杉子のことは何にもいってやらないと決心した。その決心はすぐきえて、相変らずその話をしに大宮の処に出かけた。そして日本の女の悪口をいうものがあると、彼は腹のうちにあざ笑った。

「君たちはまだ本当の日本の女を見たことがないからだ。見ればもうそんなことはいえなくなる」

何処《どこ》の国だって本当の善人は多くない、甚《はなは》だ少ない。美しい人も多くはない。甚だ少ない。しかしいないことはない。ただそういう人に滅多《めった》に逢うことが出来ないだけだ。

彼はその滅多に逢うことの出来ない人に逢った。彼は杉子と夫婦になることを考える、それは楽園にいることを考えるようなものだった。新聞を見ても、雑誌を見ても、本を見ても、杉という字が目についた。そして目につくとはっとした。しかし彼はまだ殆《ほと》んど杉子とは一言も言葉を交さなかった。

ある日だった。彼はまた仲田の処に出かけた。すると杉子が門から出るのに逢った。それが不意だったので彼はかえって気軽に言葉をかけることが出来た。

「仲田君はうちにいらっしゃいますか」

「ええ」

「何処にいらっしゃるのです」

「お花の稽古《けいこ》に」

これだけの会話が、彼にとっては鬼の首でもとったように嬉しかった。よく言葉がかけられたと自分で感心した。そして彼女は自分を嫌っていないと思った。

彼は自分の室《へや》に杉子がいけた花をかざることを空想した。彼はいつもの三倍も元気に仲田と話した。

仲田は何かの話の途中で、

「本当に世のなかにはいやな奴がいるよ。いつか妹に手紙をよこした奴が、また手紙をよこした。まだ十六になるかならない無邪気な女に、もう心をもやしているのだからね。たまらないよ。いやになってしまう」

八

彼はその手紙をよかったら見せてくれといった。

「随分虫のいい手紙さ、自分のことばかり考えていて、相手の意志をまるで見ていないのだからね。女を物品かなんぞのように思って、自分が欲しいという強さだけをたてにして要求してくるのだからね」

「相手はどんな人だ」

「文士の卵だそうだが、どうせそんなことをするのは……」

といいかけて、

「君は別だがね」と仲田は笑ってつけ加えた。

「それで君の妹さんにその手紙を見せたのか」

「見せやしない。まだほんの娘だからね。そんな問題には今からふれさしたくない。せめて自分で男のよしあしがはっきりわかるようになるまではね。そして結婚ということを本当に知り、自分で進んで結婚したいという気が起るまではね。君も君の妹さんの結婚には随分心配していたね。僕もまだ十六にきりならない妹のためにもう結婚のことをそろそろ心配しなければならないと思うといやになるよ。もう、結婚の申込みがちょくちょくあるのだからたまらない。一切《いっさい》、僕が握りつぶしているのだ。もう少し独立した考えが出来るまでは、せめて夫を選択する権利だけは当人のために保存しておきたいからね」

野島は、仲田の一言一句で自分の心が左右され、上ったり下ったりするのを醜《みにく》く、浅ましく思った。

仲田はたち上って、まもなく手紙を持って来た。

「今日偶然、私の誕生日にあなたに三月ぶりで往来でお目にかかったことは、私にはただの偶然とは思えませんでした。それでもう一度手紙をかかして戴《いただ》きます。私にはあなたを赤の他人とは思えないのです。自然がこんなにまで強くあなたのことを思わないではいられないように私をつくってくれたことを、私には無視することは出来ないのです。其処《そこ》には何かの意志がはたらいていて、私があなたを得るために出来るだけ骨折ることを命じているように思えるのです。その命令に従うという理由で私はこんなあつかましい手紙を、清いあなたにかくのです。私の心はあなたはもう感じていて下さるでしょう。私は何にもいいたくはありません。私はあなたに値しないものということは感じています。しかし私はあなたなしに生きるのは淋しすぎるのです。運命があなたをつくり、私をつくり、そして二人を逢わしたことを、私は無意味とは思えないのです。二人が一つになることが二人にとって最大幸福であり、またそれが何かの意志だと思うのです。私はあなたの運命を傷つけることを恐れることでは誰にもまけません。あなたの幸福をのぞんでいます。あなたが私の処《ところ》にくることがあなたにとっても一番幸福のように思うので、こんな手紙をかくのです。私のことは気になさらないで、あなたの一番幸福を自由につかんでほしく思います。私はあなたの前に跪《ひざまず》いて、泣いてあなたの手を要求したくは思いますが、私も男です、あなたの意志を尊重します。私の手に帰るのが本当でしたら帰って来て下さい、道をきよめて待っております」

仲田は野島のよみ上げるのを見ていった。

「一種の気違いだね。馬鹿だね。あきれてしまった」

野島は自分の滑稽画《こっけいが》を見せられたようないやな気がした。

「君の妹さんはその男の人を知っているのか」

「ああ。へんな目をして、妹に逢うと立ちどまって、妹の方を見るので、妹も気違いなのだろうとこわがっていたよ」

九

野島は自分も杉子にそんな風に思われてはたまらないと思った。しかしその手紙を兄の意見一つで杉子に見せないのも乱暴だと思った。

「手紙を見せないのも可哀《かわい》そうだね」

「妹が十八にでもなったら見せてやってもいい。しかしその時分になったら、この男はもう他の女と結婚して、妹と結婚出来なかったことをかえって幸福に思っている時分だろうよ」

「そうかしらん。それほど不真面目な人ではないらしくもある」

「あてにはならないよ。僕の知っている奴に、ある女を夢中に恋して、その女と結婚出来ないと死ぬようなことをいっていた奴があった。ところがその女がふとした病気で死んだのだ。その時は気違いのように泣いていたが、半年もたたない内にちゃんと細君をもらって今では幸福にくらしている」

「しかしその女のことを時々は思い出すだろう」

「しかしその女でなければとはいえないだろう。男と女はそう融通のきかないものではないよ。皆、自分のうちに夢中になる性質をもっているのだ。相手はその幻影をぶちこわさないだけの資格さえもっていればいいのだ。恋は画家で、相手は画布だ。恋するものの天才の如何《いかん》が、画布の上に現れるのだ。ダンテにとってビアトリチェはただの女ではなかったろう、神のようなものだったろう。しかし他の恋する男にとってはただの女だ。ある男から見れば雌《めす》にすぎなくも見える。恋が盲目というのは、相手を自分の都合のいいように見すぎることを意味するのだ。相手はそう唯一ということはないのだ。その人にめぐりあわなければ恋は生じないときまったものじゃない。彼女になる資格のあるものは世界には何千、何万といる。だから自分の内にある恋も生きるのだ。もし彼女が世界に一人きりだとして見たまえ、齢《とし》ごろになるとなにはすてても相手をさがして歩かなければならなくなる。しかし恋の相手にぶつかる位は、学問をした片手間で沢山だ。また毎日の仕事をした余暇で沢山だ。むしろ逢わないでよそうと思っても、つい逢うほど、彼女は世界にごろごろしているのだ」

「しかし」と野島はいった。「だが一生彼女に逢わない人もあるだろう」

「いや、それは布があっても画《え》のかけない人だ」

「しかしかいてしまった布は、かかない布とはちがうだろう。ある人に恋される資格のある女は唯一でないかも知れない。だが恋してしまったら、その人にとってその女は唯一になるだろう。僕の知っている人に、もっといい女に逢わないとも限らないと思うのでなかなか結婚する気になれないといっていた奴があるが、ふとしたことである女、はたから見るともっといい女がいくらでもありそうに思う女だったが、それと知りあいになって、その内に深く恋してしまって、その女と結婚の出来ない事情のために、つい二人で心中《しんじゅう》してしまった奴があった」

「世はさまざまだ。中々理窟通りにはゆかない。親のいう通り結婚して、幸福になった奴《やっ》もあれば、自分の恋している女と無理に結婚してすぐ飽《あ》きる奴もいる。結婚出来ないといって心中しかけて未遂で助かって、まもなくお互に顔を見るのもいやになった奴もいれば、五年たっても十年たっても同じ女のことを思ってくよくよしている奴もある。しかし大概の人はいい加減《かげん》に恋して、いい加減に結婚するのだね。それがまた利口らしい。要するに恋だけが人生じゃないからね。もっと自分たちにはしなければならない仕事がある」

「それはそうだ」彼はもう仲田と恋の話はしたくなかった。それで話をほかにむけた。

十

その晩、彼は大宮に随分逢いたくなった。大宮には自分の気持が本当にわかってもらえると思った。大宮はうちにいた。そして彼が来たことをよろこんだ。

「あの人のことを聞いたよ。大変ほめていたよ。器量は、君は不服だろうが、十人並《なみ》よりは美しい方だそうだが、性質は無邪気で、快活で、一緒にいるとへんに人を愉快にさせる性質をもっていて、身体《からだ》の随分いい人だそうだ。僕はそれを聞いて、なおその話がうまくゆくといいと思ったよ」

「あの女の美しさはそう他の奴にはわからないさ。今日実は仲田の処に行ったら、門の処で出あったのだ。そして話さえしたよ。本当にあんな美しい奴は滅多《めった》にないね」

「君にだけその美がわかるのだろう」

「しかしね。その女の美がわかるのは僕だけではないのだ。方々からもう結婚の申し込みがあるらしいのだ」

それから彼は女に手紙をよこした男や、仲田の恋愛観などを話した。

「いやになってしまったよ。あんな兄貴をもっていたら、あの女も碌《ろく》な女にはなれないような気がしたよ。いやにつめたいのだからね。女なんか誰でもいいのだ。そして恋なんかに同情するのは馬鹿気《ばかげ》ている以上につまらぬことに思っているのだ。僕が妹を好きなのを内々察してわざとそんなことをいったのかと思って腹が立ったよ。あいつも一ぺん恋でもして見るといいのだ」

「道楽者にはもう恋はわからないよ。仲田にとってはどの女も同じなのだろうよ。しかし本当に恋したものは、失恋はするものじゃないといっているよ。それは随分淋しい、耐えられないほど淋しいものらしいよ。その女の夢なんか見るとどうしていいかわからないほど淋しいもので、本当に失恋するものじゃないと思うそうだよ。だから君も、遠慮せずにぶつかるだけぶつかって見るがいいのだ」

「だけど、一人の女を多勢が恋するのが自然だと思うと僕はいやな気がしたよ。皆、ムキになって一人の無垢《むく》の処女をねらっていると思うと恐ろしい気がするね。その内にはいろいろの奴がいるだろう。出世しようとか、持参金をあてにするものもあるだろう。弄《もてあそ》ぶことばかり考えているものもあるだろう。またあまったるいことばかり考えているものもあるだろう。思ってもたまらない。自分がその一人だと思うとなおいやになる。そして彼女はそれを何も知らないような顔して、またそれをのぞんでいると思うと、へんな気がする。蜜蜂《みつばち》の受胎をする時の話があるね。女王蜂がとべるだけ高くとぶ、それを無数の雄蜂《おばち》がおいかける。羽のよわい奴から段々消えてゆき、だんだん雄蜂の数がへり、最後に二、三疋《びき》のこり、それがまたお互に出来るだけ競争しとうとう一疋になる。それは雄蜂の内の最も勇士であって、そして職務を果すと、身はこなごなになって死んでおちてくる。人間と蜜蜂とはちがうが、最も人間として優《まさ》った男を彼女が選んでくればいいが、甘言や令色でだまされてはたまらないと思うね。僕は恋は仲田のいうように布の上に画《え》をかくのとはちがうと思う。それはあまり相手を見なさすぎる。それはそういう傾きのある恋もある。実際恋の出来ない人は多いかも知れない。そして布は最も美しく自分の上に画をかくことの出来るものを愛するのかもしれない。しかしもう少しお互の精神が、何処《どこ》かで働いていると思うね。意識の出来ない処でお互に引きあっているように思うね。それはお互に餓《う》えすぎていては困る。しかしさもなければ、お互の心が一つになるので、其処《そこ》にある幸福の殿堂、美の殿堂が出来上るのだと思うね。相手の意志がまるで加わらないで一人角力《ひとりずもう》をとる恋もあるだろう。しかしそれは自然とは思われないね」

野島は自分でいっている内に、なんだかわけがわからなくなった。

十一

大宮はいった。

「ともかく恋は馬鹿にしないがいい。人間に恋という特別のものが与えられている以上、それを馬鹿にする権利は我々にはない。それはどうしても駄目な時は仕方がない。しかし駄目になる処《ところ》までは進むべきだ。恋があって相手の運命が気になり、相手の運命を自分の運命とむすびつけたくなるのだ。それでこそ家庭というものが自然になるのだ。恋を馬鹿にするから、結婚が賤《いや》しくなり、男女の関係が歪《いびつ》になるのだ。本当の恋というものを知らない人が多いので、純金を知らないものが、鍍金《めっき》をつかまえるのだ」

野島は大宮の口からこういう言葉をきくのは彼には大なる力だった。自分は賤しい人間ではない、不正な思いを心に抱いているものではないと思うことが出来たから。

「本当の恋を知らすのも、我らの仕事の一つだね」

「そうさ。美しい女に、不正な男にまよわされるな、あざむかれるな、ころもを着た狼を用心せよ、そういってそれを見やぶる術《すべ》を教えるのも我らの仕事の一つだ。それは女の運命を狂わさないことになる」

「本当にそうだ」野島は胸がすいたように思った。

「ともかく日本人は恋を軽蔑しすぎている。仲田ではないが、恋する男に娘をやるよりは見ず知らずの男に娘をやることを安心と心得ている。また若い者は女を欲求することと恋とを一つに見ている。女の運命を第一に気にするのが恋で、自分の欲望を満《み》たそうとばかりするのが肉慾だ。娘を最も清く恋するものに与えるのが親兄弟の務《つとめ》だ。しかし男女の交際があまり許されてないとつい恋してはならないものを恋したり、恋にならない肉慾で女を得ようとするものがある、それは用心すべきだ。僕は結婚というものに変に恐怖をもっている。僕の死んだ姉なぞは身体も丈夫な方ではなかったが、あやまった結婚の犠牲になったといっていいのだ。母がなんでも楽な処に結婚さしたがった。母は姑《しゅうとめ》と小舅《こじゅうと》にひどい目にあったので、なんでも楽な、一人者で、道楽をしない堅人《かたじん》を選んで姉をやった。姉はそう気がすすんではいなかったのだが、いい人だといわれて、反対する理由もなく、自分でも真面目な人だと思って結婚した。夫は真面目で道楽をしなかった。しかしそのかわり、自家《うち》で放蕩者《ほうとうもの》の味《あじわ》うような快楽を求めるものだった。姉を妻として愛するのではなく、いわゆる猫可愛がりした。性慾の不調和もあった。姉はそれでとうとう肺をわるくして死んでしまったのだ。姉は随分夫のしつっこいのをいやがっていたらしい。だからいくら見かけはよくっても、この道は秘密なだけに随分厄介《やっかい》な問題だ。僕はやはり姉が、自分で心から好きになれた男と結婚さしたかった。そうすれば死なずにすんだかとも思う。死んだにしてもその方だと思い切りがまだいい」大宮はそういって少し涙ぐんだように見えた。「姉は随分死にたがらなかった。しかし生きていても始まらないような気になって、病気がなおって――病気の間はうちに帰っていた――また夫の家に帰らなければならないと思うと、いつまでも病気していたい気もするといっていたそうだ」

「随分お気の毒だね」

「ああ、姉のことを思うと、とり返しのつかない、すまない気がするよ。その時分僕は十六だったから何も知らなかった。今の僕なら少しは姉の力にもなれたと思うがね」

「一《いっ》たい他人の意志で結婚するのはまちがっているね。こないだ僕は往来を歩いてこんなことを考えたよ。自分で人を殺したなら自分で責任をもつ、しかし他人が殺した責任をもたされてはたまらない。結婚でもそうだ。自分で結婚したなら責任をもつ、いくら親でも他人の意志で結婚させられてはたまらないって」

十二

いつでも大宮の処《ところ》へ行くと彼は胸がすいた。よき友を有することを感謝しないではいられなかった。自分が何しても少なくも大宮だけは理解してくれると思った。彼は仲田とは逢いたくなかった。なんだか冷たいものが彼の心にふれ、彼の心が仲田の心を求めても、常にすかされるように思えた。殊《こと》に、杉子を愛していることを感づいて、予防線をはられているような気がした。しかし彼はゆかないわけにはゆかなかった。

或る日曜、それは晩春だった。もうかなり暑かった。彼は仲田を訪ねる決心で、仲田の家の門の前まで行ったが、気軽に入る気が出ないので、一度通りすぎた。しかし思い切ってあともどりして入った。仲田はいつもになく元気にしていて、彼の来たのを喜んだ。

「暫《しば》らくこなかったね。この前の日曜に来るかと思った」

「来ようかとも思ったが、なんだか留守のような気がしたので」五分の一位本当のことをいって、いいわけした。

「僕は出無精《でぶしよう》でいつでも誰か来てくれるといいと思っているのだから。遠慮なく来てくれ給《たま》え」

「ありがとう」

彼は仲田にたいするこだわりがなくなった。

「試験は」

「もうせまっては来たが、僕のことだから余裕があるよ。落第したって結婚にさまたげのある他《ほか》は、別に困らないからね。そして落第したから来ないというような奴《やつ》はこっちからお断りするからね。あははは」

そう可笑《おか》しくもなさそうに笑った。野島も可笑しくもないのに笑った。

「昨日妹がつくってくれというのでピンポンの台をつくったよ。君も一つやらないか」

「僕は下手《へた》だからね」

「下手な点では僕もまけないよ」

「しかし僕は殆《ほと》んどしたことがないのだ」

「ともかくやって見ないか」

「やって見ようかね」

二人はピンポンをやった。彼はちっとものり気になれなかった。しかしその一種の音が彼は杉子をよびよせはしないかという空想に心をひきつけられた。そしてやめようと仲田のいうのを心配する気味だった。

しかしその音は少しも冴《さ》えなかった。二人は珍らしく下手で、音が五つとはつづかなかった。殆んど勝負を眼中におかず、つづけることを目的にしていたが。しかし仲田はいった。

「君は質《たち》がいいよ、見かけより」

「あんまりよくもないね。しかし君も見かけよりはうまくないね」

「丁度いい相手だ。妹とやるとすっかり翻弄《ほんろう》されるのだからたまらない」

二人は乗気《のりき》もなく一時間近くつづけた。しかし杉子は出て来なかった。

「もうやめようか」野島は何度もいおうとしてやめた。しかし彼はますます自分が馬《ば》鹿《か》気《げ》て来て心がますます空虚になるように思った。

もう思い切ってやめようと思った。その時勝手口の方の戸があいた。そしてまもなく杉子が入って来た。

急に一道の光がさして来た。

あいさつをすませたあとで、仲田はいった。

「今日は早かったね」

「ピンポンがしたくって急いで帰って来ましたの」

「それは丁度いい、野島君は随分うまいのだから」

「そうお？」

「譃ですよ。仲田君よりもっと下手なのですよ」

三人は笑った。そして野島は自分でも恥かしくなるほど愉快になって来た。

「人間はつくられた通りに心を動かすものだ」と思った。

十三

杉子は彼とは話にならないほど上手だった。しかし杉子は彼を翻弄《ほんろう》しなかった。むしろ彼をいたわった。彼へは打ちいい球きり返って来なかった。仲田とやるよりは遥《はるか》に音がつづいた。彼の方は時々質《たち》のわるい球をうち込もうとした。甘く見られるのがいやで。しかし杉子は感じないようにちゃんとした、すなおな球をよこした。彼は其処《そこ》に杉子の性質を感じないわけにはゆかなかった。彼はそれを理想的に解釈した。すなおで、親切で、利口で、快活で、不正なことを気がつかない顔して正しくする術《すべ》を心得ている。彼はそう思った。何処《どこ》にこんなに無垢《むく》な美しい清い、思いやりのある、愛らしい女がいるか。神は自分にこの女を与えようとしているのだ。さもなければあまりに惨酷だ。彼女は自分をまだ愛してはいまい、だが嫌ってはいない。彼女はよく笑う。その笑いの無邪気さよ。

ピンポンは今までよりもずっと、賑《にぎや》かにやられた。笑い声はたえまなく、わき上った。杉子の妹まで出て来、遂にお母さんまで見に来た。野島はお母さんに丁寧にお辞儀した。お母さんも笑いをふくんでお辞儀した。

彼は地上でこんな嬉しさを味《あじわ》えるものとは思えなかった。幸福で幸福で誰かに感謝しなければならなかった。皆に感謝しなければいられなかった。

仲田にも、仲田の母にも、そして杉子を地上に生んだ自然にも。

彼のうちには根づよく巣《すく》っていたはずの陰鬱《いんうつ》も、こだわりも、すっかり消え、時のたつのも忘れた。ただ時々、「もう帰らなければなるまい、あまりいて嫌われては困る」と思った。しかし皆がうれしそうにしているのを見ると、彼はもっといていい許しを得たように思って、うれしく感謝した。彼はこのよろこびを勿体《もったい》なく思った。

彼も、いつもになく冗談や洒落《しゃれ》をいった。そして皆を笑わし、自分も笑った。杉子も平気で冗談いえた。そしてそれは彼にとって勿論、よろこびだった。

すべては彼のために神から送られた喜びの饗宴《きようえん》のように見えた。彼はそれを謙遜な心をもって、しかしわき上るよろこびにすなおに身をまかせて、幸福を感じきっていた。

ところへ女中が入って来た。

「早川様がいらっしゃいました」といった。

「丁度いい、ここにお通ししてくれ」と仲田はいった。彼は戸のすきから風がふき込んで彼の横面にふきあたったような気がちょっとした。しかし彼はそう思う自分を賤《いや》しく思い、平気で早川を迎えようと思った。

早川とは彼は今までに二、三度、仲田の処《ところ》であった。仲田とは同級生で特待生だと聞いたように覚えていた。その時分はそう聞いても、まるで気にしなかったが、そして逢ってもちょっとあいさつするだけで殆《ほと》んど一口もきかなかったが。

しかし今は平気になろうと思いながらも、何かを予感しなければならなかった。

仲田は迎いに出かけた。まもなく早川は仲田と何か面白《おもしろ》そうに話しながら、笑い顔して入って来た。そして仲田の母に愛想よく親しそうに挨拶《あいさつ》した。仲田の母の四十五、六のわりには若く見える、肉づきのいい豊かな感じのする顔にはこぼれるような愛想が見えた。

早川は杉子とも挨拶したが、それはよく知っている、しかしお互に無頓着《むとんちゃく》な人同志がするようにあっさりしたものだった。二人は愛してはいない、気にもしていない、存在も認めていないと彼は思った。早川は彼にも馴々《なれなれ》しく挨拶した。彼も少し笑いをふくんで挨拶した。

十四

彼と杉子は丁度ピンポンの勝負をしている所だった。彼は早川に見られる処《ところ》で勝負をつづけたくなかった。あまりに自分がまずいので。しかしやめるともいいにくいので、勝負をつづけるより仕方がなかった。しかしもう無邪気なよろこびはなくなった。何処《どこ》かにこだわりが出来た。しかし杉子が無邪気に笑ったり、思ったよりうまくいって仲田がからかうように賞《ほ》めたりすると、すぐ愉快になれた。早川は笑いながら見ていたが、少しも軽蔑しているらしくはなかった。

「ピンポンがまずいということは恥ずべきことではない」

彼はそんな言い訳をして見たが、うまかったら、今感じているようなひけ目は感ぜずに、気まりのわるいほど、腹のうちで得意になりそうな気がした。まずいのでかえって軽薄な根性を露骨に出さずにすむと思ったが、うまかったらこだわらずに、ますます得意になれたような気がして残念な気がした。

彼はまけてしりぞいて、早川がかわった。二人はいい相手だった。杉子は見ちがえるほどうまさを見せ、頭も手も機敏に動いて、ぬけ目なく、相手のすきをうかがおうとした。早川もまたまけてはいなかった。彼は見ていて、気持がよかった。そしてますます杉子を讃美したいような気になった。そして杉子がうまいことをやるとついほめたくなった。文句ではなく、間投詞で。つい声を出して、あとでキマリ悪く思ったが、誰も、それを気にしているものはなかった。

杉子の顔は血色がよくなり、生々《いきいき》して来、球《たま》に従って、身体や手がいろいろの形を見せた。その形が彼をよろこばした。彼は早川のことは忘れて、ただ杉子の生々した姿と、頭のはたらき、手のうごき方、それにともなう身体全体の変化、それを讃嘆して見ていた。

勝負は一勝一負で、見ている人は皆、ムキになった。仲田も、杉子の母も、自慢しているように見えた。彼もまた自慢したかった。実際早川よりもやり方が綺麗だった。勝負に重きをおくよりも、練習でもしているように、無邪気にやっていた。

球のくるのを注意深く見ている目の生々《いきいき》さ、うまくいって無邪気によろこぶ時の口のまわり、前こごみに、手を逆にして打つ時の腕の形、髪毛の前に乱れかかるのをいそがしくなであげる時の手つきと額、彼はそれをむさぼるように見つめていた。自分はどんなことがあっても杉子を失うわけにはゆかない。それはあまり惨酷だ。自分を杉子に逢わした運命よ、お前に責任がある。

彼はそんなことを思って、時のたつのを恐れながら忘れていた。

一時間近く二人は勝負をしていた。

「もうやめたらいいだろう」

仲田はそういった。

「ノートを持って来たかい」

早川にいった。

「持って来た」

彼はそれを聞いた時、自分が本当にいすぎたことに気がついた。

「ついなが居《い》してしまった」

「もっといたらいいだろう」

「今日は失敬しよう」

「そうかい、それではまた」

彼は仲田の処を辞したあとでも、杉子を讃美しないではいられない気になった。どうしてこんな女が地上にいるのだろう。そして彼女もあたりまえの女と同じように、齢をとってゆくのだろう。彼女は他の人とちがう法則のもとに生きていないのが彼にはむしろ不思議に思われた。

彼は真直《まっすぐ》に家には帰らずに方々歩きまわった。

「彼女は無邪気すぎる。しかし自分を嫌ってはいない」

このことは彼には勿体《もったい》ないような気がした。

自分は本当に偉くならなければすまない。

彼は帰ってから、日記にこんなことをかいた。

「このよろこびは何処《どこ》からくる。これを空《くう》というか。空にしてはあまりに深すぎる。彼女の美しさは何処からくる。これを空というか。それにしてはあまりに美しい。彼女は何処から来た。何のために来た。彼女の存在を空というか。空にしてはあまりに清い。すぎゆく美か。それにしてはあまりに貴い。魔力か、魔力か。それにしてもあまりに強すぎる。愛しないではいられない、失うわけにはゆかない。断じてゆかない。神よ、あわれみ給《たま》え。二人の上に幸福を与え給え。神よ、私を彼女に逢《あ》わし、かくまでも深く恋させて下さった神よ、彼女を私から奪いはなさりますまいね。それはあまりに惨酷です」

十五

その晩大宮が、野島の処《ところ》に来た。野島は笑いながら、

「今日ピンポンをしたよ」

「ピンポンを？　どうして」大宮は不思議なこともあればあるものだという顔をした。

「仲田の処でさ」

「なあーんだ」大宮は笑った。

野島は杉子のピンポンのうまいことをほめて話した。そして自分がピンポンを馬鹿にしてしなかったことを後悔したと笑った。

「教えてやろうか」

「まだ、あるかい」

「何処《どこ》か捜せばあるだろう」

「教えてもらおうかな」「冗談のようにいった。

大宮は一体に運動家だった。テニスもうまかったが、ピンポンは仲間では類がなかった。もう四、五年はまるでよしていたが。

「しかし女のためにピンポンまでならうようになっては少し堕落だね」

野島はいいわけのようにいった。

その後野島は大宮の処に行ったが、大宮はピンポンのことはまるで忘れているようだった。野島もいい出す勇気はなかった。野島はその後仲田の処にゆきたく思ったが、仲田も試験で忙がしいと思ったので遠慮した。

しかし杉子には一日逢わないでも気になった。大病をしはしないか、大傷《おおけが》をしはしないか、そんなことまで気になった。自分に逢わないので淋しがってはしないか、そんなことを思っても見た。ともかく野島は杉子には往来でもいいから逢わないでは気がおちつけなくなった。しかしあまり逢いにゆくと杉子に手紙をやった男のように思われても困ると思った。偶然逢ったようにしたいと思った。そして逢えばきっと仲田に、

「今日も野島さんに逢ってよ」

というにきまっている気がした。それがまたあまり気持のいいことではなかった。逢いにゆくのはよそう。しかし十度に一度は逢いにゆかないわけにはゆかなかった。

初め逢いに行った時にはどうしてか杉子に逢えなかった。学校の門の前までも行って見たが。逢えなかったのは心細かったが、かえって安心したような気もした。

二度目に行った時もまた逢えなかった。今度は心配になった。いよいよ杉子は病気なのだ、それも、もしかすると命にかかわる大病かもしれないと思った。それでじっとしていられないので翌日また逢いに行った。

今度は逢えたばかりではなく、杉子はやはり仲間のうちの女王のように彼には輝いて見え、皆は杉子が笑うと一緒に笑い、杉子が黙ると皆も黙るように見えた。そして杉子はますます健康そうに見え、彼を見ると、快活に少しも恥かしがらずに挨拶《あいさつ》した。皆も彼の方を見た。彼は女王に挨拶されたように光栄を感じた。彼は紺がすりの着物を着ながしにし、鳥打帽子《とりうちぼうし》をかぶっていた。彼は一たいに身なりはかまわない方だった。

この書生っぽに彼女が皆のいる前で平気で、丁寧《ていねい》に挨拶してくれた。このことが彼にはなおうれしかった。

「貴き、貴き、彼女よ。

自分は貴女の夫に値《あたい》する人間になります。

どうかそれまで、他の人と結婚をしないで下さい」

彼はそういって祈りたい気がした。

しかし考えれば考えるほど、彼は自分に彼女の夫となる資格があるとは思えなかった。しかし、それならば誰が、彼女の夫となる資格を持っているのか。

そんな男は地上にはいない。

彼女はあまりに清すぎ、美しすぎる。

彼はどの男よりも自分が偉《すぐ》れたものを持っていると思える種類の男だった。世間は自分を軽く見るだろう。だが人間の価値を本当に知るものは。そして彼女はそれを知っているにちがいない。

十六

仲田の方が休みになるまで、彼は往来で三度杉子に逢った。最後に逢った時は杉子の挨拶は何時《いつ》もになく冷淡だった。

彼はあまりに自分が図々《ずうずう》しいので杉子もついに怒ったのかも知れない、来なければよかったと思った。また何か杉子に心配ごとがあるのではないかとも思って見た。それとも試験でもしくじったのかと思った。しかしどうも自分があまり度々《たびたび》逢いにゆくので、何か気づいて不愉快を感じたのではないかと思った。それから彼は逢いにゆくのを遠慮した。

気になってなお様子を見にゆきたくも思ったが、その内に休《やすみ》が来るので遠慮した。仲田は休になるとまもなく彼の処《ところ》に来た。

「暫《しば》らく来ないのでどうしているのかと思っていた」といった。

彼はそれを聞いてうれしかった。

「試験の邪魔をするとわるいと思ったので」と彼はいった。

「もう休になったからいつでも来給《たま》え。ピンポンも少しうまくなったよ」

「そうかい。それではもう僕の相手にならなくなったね」

「まあ、来給え、教えてやろう」

「君が先生じゃ心細いね」

「もう早川とやってもそうまけはしないよ」

「そんなにうまくなったのかい」

「試験勉強をして頭がへんになると妹を相手に勉強したのだよ」

彼は少し羨《うらや》ましいような気がしたので話をかえた。

「今度夏休に何処《どこ》かへ行くかい」

「やはり、鎌倉の別荘にゆくつもりだ」

「皆でかい」

「父や母は忙がしいからたまにきり来ないだろうがね。よかったら君も泊りがけに来たまえ」

「ありがとう」

「君は泳げるのだろう」

「だめだよ。運動は一さい駄目だ」

「早川は運動はなんでもうまい」

「そうかい。僕の友達の大宮も大した運動家だよ。きっと早川君以上だろう」

「大宮君といえば大したものになったね。もう一流の作家になったね。君より三つ上で、二十六だろう」

「そうだ」

「それでもう一流とは羨《うらや》ましいね。妹も大宮君のものは随分愛読している。一番感心しているといってもいいだろう」

「そうかい」彼は友達のことを賞《ほ》められるのをよろこびたいと思ったが、心細かった。杉子には自分を一番尊敬してもらいたかった。

「妹の友達に、大宮君の従妹《いとこ》がいるのだそうだが、その人から大宮君のことはよく聞かされるらしいよ。その大宮君の従妹も大宮君崇拝で、面白い人だそうだよ。うちにも時々来るが、顔はそう美しくはないが、中々の気焔家《きえんか》でね、男のことなんか糞味噌《くそみそ》にいっているよ。大宮だけは別らしいがね、大宮という人は随分頭のしっかりしている人らしいね」

「ああ、随分しっかりしている」

「それにかくものを見てもわかるが、中々思いやりのある人だそうだね」

「ああ」

「それに家に金もあるのだから落ちついて仕事が出来るから鬼に鉄棒《かなぼう》だね」

「まちがいのない奴だよ」

彼はなんとなく大宮のことをほめたくなかった。しかしそれだけ、なおほめないとわるいような気もした。

「実際日本で一番有望な小説家はなんといっても大宮だろう。今にきっと世界的な仕事をして、日本のために気焔《きえん》をあげてくれるだろう」彼はそういったが、何となく口と心が別のような気がした。

十七

仲田はまもなく鎌倉に行った。

大宮の別荘も鎌倉にあった。大宮にすすめられて、むしろすすめられるようにして野島も鎌倉に行って、大宮と一緒に生活した。

大宮と文学や、人生について話した。神についても、恋についても話した。二人は話がよく通じあった。お互《たがい》に同感のことばかりいわなかった。それほど二人は親しかった。初めは時々議論もしたが、いつのまにか二人の意見は理解され、理解されて見たらば、不服をいう必要がなかった。お互に感化され、感化した。どっちかというと齢下《としした》の野島の方がより多く大宮を感化した。しかし野島の方がより多く慰められた。大宮はわりに世評に寛大になれ、平気になれたが、野島はややもすると世評にかなりひどくまいらされた。

大宮の方が早く理解された点もある。同じ程度に悪口いわれても野島の方が遥《はるか》に強くそれを感じた。腹も立て、淋しがりもした。

ともかく二人はよき友であった。二人が知りあったことは二人にとって感謝だった。

野島は大宮の評判が自分よりずっといいので、時々一種の嫉妬《しっと》を感じることがあっても、大宮は野島にたいする信頼と尊敬をますます示してくれるので、感謝しないわけにはゆかなかった。そして大宮のものが少しでも悪口いわれると怒らないわけにはゆかなかった。

ある時大宮が、父と議論して、どうしても文学をやるといい切ったためにもう少しで、勘当《かんどう》されかけた時、野島は本気で、大宮が生活難に苦しんだら、自分で出来るだけ助けようと思った。

今、二人は一緒の家に住んでいたが、勝手な行動をとった。一緒によく散歩もし、話もし泳ぎもした。しかし一人になりたい時は一人になった。野島は時々、仲田の処《ところ》に出かけた。仲田も野島の処に来て、大宮とも知りあいになった。仲田は大宮にもあそびに来てくれといった。しかし大宮は何とか、理窟《りくつ》にならないことをいって仲田の処に出かけなかった。

野島も一人でばかり仲田の処にゆくのは気がひけた。それで時々大宮をさそってみた。しかし大宮はいつも行くのをいやがった。

「そういうのは失敬だけど、僕は仲田は虫がすかないのだ」ともいった。

ある晩、月のいい時、大宮と一緒に野島は散歩した。そして人のあまり行かない、砂丘の方を歩いた。すると、女の人の歌をうたう声が聞えた。

「いい声だね」

大宮は感心するようにいった。そういわれると、野島もいい声だと思った。すると同時に、

「あれは彼女にちがいない」といった。

「あれがそうなら君は仕合《しあわ》せ者だ」大宮はからかうようにいった。

「あんまり恋し過ぎるということは弱点だ。なんだか独立性がなくなったようで、魂《たましい》を何かにあずけているような不安を感じる。僕は恋をしていない君をむしろ羨ましく思う」

「それは本音《ほんね》かね。僕はそんなにまで一人を愛することが出来る君を羨《うらや》ましく思うよ」

歌は不意にやんだ。二人の影に気がついたためだろう。

其処《そこ》には三、四人の人が集っていた。二人がそのわきを通りこそうとした時、野島はいった。

「仲田君じゃないか」

「野島君か。大宮君も一緒か。いい処であった。よかったら一緒に散歩しよう」

この時大宮は不意にいった。

「残念だが僕は今日は失敬しよう。ちょっとしたいことがあるから。野島君はいいだ

ろう」

十八

野島は大宮に感謝したく思った。しかし、自分だけのこる気にもなれなかった。他の人には黙礼して、皆と別れた。杉子は月のかげにいたので、よくは見えなかった。

「君はのこればいいのに」

「だって仲田は君の方にのこることをすすめているらしかったから」

「ともかく君は惜しい機会をのがしたような気がしたろう」

「そんなことはない。あの歌をきいただけで本望《ほんもう》だ。君にいわれて初めて杉子さんの歌のうまいことを知った」

大宮は暫《しば》らく黙っていたがいった。

「僕は君の幸福をのぞむよ」

「ありがとう」

野島は心から感謝した。

「あのわきにいたのは早川というんだろう」

「気がつかなかった」

「馬鹿だね、君は。お母さんのいたのは気がついたか」

「お母さんらしい人がいたらしい」

「君はしっかりしないといけないぜ。君はあんまり杉子さんのことばかり思っていては駄目だぜ。君は早川の敵じゃないね。しかし僕は従妹《いとこ》にそういってやろう。早川を杉子さんが信用しないように。あの男は信用の出来ない男だ」

「僕はそれほどには思わない。あっさりした、男らしい所のある人と思う。才子は才子だが」

「僕はもう見ぬいてしまった。僕は君のために骨折《ほねお》るよ」

「ありがとう」

「君はあんまり人がよすぎる」

大宮は笑いながらいった。

「僕なら、あの時、一緒に皆と散歩するね。君が帰るといえば君を帰らして」

「僕の位置にいれば君はそんなあつかましいことは出来なくなる」

「恋はあつかましくなければ出来ないものだよ」

「本当の恋はあつかましいものには出来ない」

「ともかく恋も一種の征服だからね」

「僕だって君の位置にいれば、きっと積極的に出ろというかもしれないがね。あつかましく出る人がいるとなお引こみたくなるよ」

「まあ僕に任せておきたまえ。君にまかせておくのは心配だ」

大宮は笑った。

「しかし其処《そこ》が君のいい所さ」と慰めるのか、からかうのかわからないようにつけ加えた。

野島は帰ってからも大宮が、杉子の歌のうまいということ、君は仕合《しあわ》せ者だといったことをよく思い出した。そして早川が自分にとって大敵だということも痛切に感じた。

彼は早川を愛してはいなかった。軽蔑《けいべつ》し、また憎みたかった。しかしその動機があまり見えすくので彼は早川のことをかえってあまり悪くはいえなくなった。存外いい人間かもしれないと理窟で思ったりした。しかし早川が杉子の母にこびているのを見ると、いやな気がした。また杉子自身にたいしてもお世辞《せじ》を露骨にいっているのを見ると、自分はそんな真似《まね》はしたくないと思った。

自分は恋する女のために卑《いや》しい真似はしたくない、自分をますます立派にしたく思うだけだ、自分の妻になる人間に自分をあざむくことはおよそ恥かしいことだ。自分の真価を知ってくれて、それでもくる気が出ない女、そんな女は用はない。ラスキン*は「耶《ヤ》蘇教《ソきよう》を信じる」といえなかったためばかりに、失恋して、病気にまでなったと野島は記憶している。そしてそれでこそラスキンだと思った。正直な男という傲《おご》りを失ってまで、女を獲《え》ようとすることは彼にはあまり恥かしいことだ。それは自分の一生を汚《けが》すことだ。彼はいくら恋しても自分の傲りを捨てることの出来ない人間だった。

十九

それから一週間ほどたって、大宮の母と一緒に別荘に来た。大宮の従妹が、大宮の従妹は武子《たけこ》といって、杉子より一つ上だが、まだ固い蕾《つぼみ》のような所があった。杉子は一つ齢下《としした》でも既に咲きかけた花のような所があったが。

武子の父はかなり有名な政治家で、武子は妾腹《しようふく》の子であった、母のゆくえはわからなかった。そして大宮の母に一番なつき、前にもいったように大宮のことを兄と呼んでいた。

杉子は豊《ゆたか》な感じのする女だったが、武子は少しやせた、感情家で、思ったことはなんでもいう質《たち》だった。妾腹の子に似合《にあ》わず、武子は我儘《わがまま》な勝気《かちき》な、そのくせ情にもろい所があった。

野島は初めて武子を見た時に、杉子とは比べものにならない、女のような気のしない女と思った。そしてかえって呑気《のんき》に話が出来た。

話している内に彼は武子の思ったよりも美しく、利口なことに気がついた。しかし杉子とはくらべものにならないと思った。ますます彼は杉子の美しさを感じたほどだった。

武子が来てからは杉子もよくあそびに来た。一緒に海にも入った。野島も今までより杉子と呑気に話すことが出来るようになった。彼は杉子を恋しているように思われるのはいやで、杉子に話す時は、武子にも話し、二人を同じようにからかい相手にした。大宮も時々仲間になった。しかし大宮は杉子にはかなり冷淡にしていた。

大宮はある時、野島にこういった。

「杉子という人は指の綺麗《きれい》な人だね。僕はまだあんな綺麗な爪《つめ》をしている人を見たことはない」

全体ばかりきりわからない野島は、「そうかね」

というより仕方がなかった。

わきにいた武子はそれに賛成した。

「本当にあの方は綺麗な手をしていてよ」

野島はそういわれてから注意して見たが、

「そういえばそうらしい」

くらいにきりわからなかった。彼は自分の愛するのは杉子の魂《たましい》だ、杉子その人だ、その全体だ、と思いたかった。しかし杉子の手の美しいといわれたことは歌のうまいということと一緒に忘れることの出来ない、自慢の一つだった。

彼はその時分からだんだん露骨に早川に一種の嫉妬《しっと》を感じた。早川の彼よりも体格がよく、さっぱりして、男らしく、そしてよく気がつき、利口らしい点を彼は恐れないわけにはゆかなかった。彼よりは何倍も女に愛される資格を持っているように思えた。その上に早川は法科の特待生であって、杉子の母には信用されていた。そして杉子に気に入ることを常に心がけて、それを無邪気そうに露骨に示していた。無邪気な杉子は早川をますます信用するようにさえ見えた。ある日、「早川さん、泳ぎを教えて頂戴《ちょうだい》な」

「ええ、教えて上げましょう」

こういって、早川が杉子の手をとって泳がしてやると、杉子は足を出来るだけバタバタやって水をはねかえした。そして二人は無邪気に大声を出して笑った。

「馬鹿！」野島はそう心でいった。「あんな女は豚にやっちまえ、僕に愛される価値のない奴《やっ》だ」

彼はそう怒って、海からとび出して、家へ帰ろうとしたが、「本当に杉子さんは無邪気なのかもしれない。そう思う自分の方が、いやしいのかもしれない」と思い返して、平気な顔をして、黙って海岸に立って、遠くの雲を見るともなく見ていた。すると武子が来て、

「あの雲はまるで悪魔のように見えますわね。まるで早川さんの顔のように」と囁《ささや》いた。

野島はほほえまないわけにはゆかなかった。

二十

「杉子さん、杉子さん」

武子はあわただしく、杉子をよんだ。杉子は、「なに」といって急いで海から上って、

野島と武子のわきに来た。無邪気に血色のいい顔には微笑を見せていた。

野島はひきつけられるように思った。

「どうしても彼女を失うわけにはゆかない。こんな天使が何処《どこ》にいるだろう」

「あの雲を御覧《ごらん》なさい。誰かの顔に、似ているでしょ」

「どれ」杉子は面白がって指さされた雲を見た。

「本当に人の顔見たようね」

「誰かの顔に似ているでしょ」

「誰の顔でしょう」

「わからなくって」

「わからないわ」

「早川さんの顔よ」

「まあ、可哀《かわい》そうに」

「雲の方が、可哀そうね」

「まあ、武子さんにあっては敵《かな》わないわ」

二人は愉快そうに笑った。武子はまた早川に声かけた。

「早川さん、あなたの写真があってよ」

早川はあわてて上って来た。

「何処《どこ》に」

「そら、あすこに、あの雲はあなたの顔をそっくりよ」

「あはははは。武子さんに逢っては敵いませんね」

武子はふき出した。

野島は何となく淋しい気がした。そして、大宮が一人で波のりをしている方に出かけた。

三人はなお何かいって大きな声を出して笑った。

「早川の笑い声は何というやな笑い声だろう」彼はふり返らずにそう思った。

大宮は白波をたてながら、勢いよく浜辺に押しよせてくる浪《なみ》に、半身を出して、板を胸にあてがいながら、気持よさそうにのって来た。浅い処《ところ》までくると、起き上って野島の方に笑い顔しながらやって来た。

この時また杉子の笑い声が聞えたがふり返ってやるものかと彼は思った。そしてそんなことにすっかり無頓着《むとんちゃく》な大宮を尊敬したい気がした。何といっても自分の本当のことがわかってくれるのは大宮だ。そして自分がすっかり信用の出来るのも大宮だと思った。感謝したい気になった。大宮は彼のそばに来て、

「僕は今波のりしながら考えたよ。波は運命で、人間がそれにうまくのれると何《な》んでも思ったように気持よくゆくが、一つのり損《そこな》うといくらあせっても、あわてても、思ったように進むことが出来ない。賢《かしこ》い人だけ次の波を待つ。そして運命は波のように、自分たちを規則正しく、訪れてくれるのだが、自分たちはそれを千に一つも生かすことが出来ないのだ。それを本当に生かせたら大したものだって」

野島は大宮のこの言葉を、彼の恋にあてはめて同感を感じていた。するとまた皆の笑い声が聞えた。つい彼は不用意にふりむいた。

仲田も仲間入りして、杉子と早川はならんで立っていた。脊恰好《せかっこう》も、体格も実に似合いの夫婦という感じがふとした。彼は自分の体格がよくなく、むしろ不自然な位、痩《や》せていたのを反省しないわけにはゆかなかった。

「己《おのれ》を知れよ」そんなことをちょっと思わないわけにはゆかなかった。だが彼は自分の精神の優秀をもってそれに打ち勝ちたく思った。しかしそれは今の場合力のなさすぎるいいわけだった。彼は自分の見たくない正体《しょうたい》を見たような気がした。そして何げなく

ふり返って、大宮を見た。そして大宮の筋肉がしまってつり合いのよくとれている身体に気がついた。そしてそのわきに立つ、自分の醜《みにく》さを思った。杉子はそれを見ている！　だが自分ほど痛切には感じてはいまい。それが彼の唯一の言いわけだった。

皆は武子が先にたって、野島や大宮のいる方に来た。

二十一

武子はいった。

「今皆で神があるなしの議論していましたの、お兄さんは神を信じていらっしゃるのでしょう」

「さあ、神のことは野島に聞く方がいい。野島はその方では僕の先生だから」

野島は、大宮が杉子の前で彼を信用していることを示してくれたことを感謝した。

「それなら野島さん、判断して頂戴《ちょうだい》ね。妾《わたし》は神があるというのですが、他《ほか》の方はないとおっしゃるの」

「それは神によるでしょう。神という概念に。神という言葉ほど、あいまいな言葉はありませんからね。皆その言葉を勝手に解釈してあるとかないとかいうのでしょう。両方本当ともいえるし、両方とも譃ともいえるでしょう」

野島はあいまいなことをいった。

「妾はね」武子は少し不平そうにいった。「見える神があるというのではないのですよ。妾の説はお兄さんの説をなお下手《へた》にしたので、あなたの又弟子にあたるわけですがね」

武子と杉子は無邪気に笑った。

それを聞くと、野島は自分の内のわだかまりが気持よく消えたことに気がついた。

「妾は人類とか、自然とかいう言葉ではあらわせない、あるものがあるというのです。そのものに身を任せる時にだけ人間は安心を得られるというのですよ。ところが他の人はそのあるものは何《な》んだか見せてほしいというのよ。妾は見えないものだから見せようがないといったのよ」

また皆は気持よさそうに笑った。野島もその仲間入りした。

「野島さんは見せて下さって」杉子は笑いながら、野島の顔を見た。

「僕にも見せられませんよ」

杉子も野島も笑った。

「ですが僕はそれを感じることはたしかです」

野島は真面目《まじめ》になったので誰も笑わなかった。

「人によって道徳ともいうし、人類的本能ともいうでしょう。理性ともいうでしょう。ですがそれ以上の何かから出ているような気がします。それはいいことをすれば気持がいい。このことは道徳に叶《かな》ったことです。人類的本能でも説明出来るでしょう。ですが、朝早く浜へ出て歩く、人が誰もまだいなかったり、いても処々《ところどころ》に一人か二人か三人位きりいない。跣足《はだし》であるく、少し波に足をあらわせる。そういう時、私たちは何となく愉快になるでしょう。そしてひとりでに歌でも唱いたくなったり、説教でもしたくなったりするでしょう」

「そりゃ君、身体《からだ》が健康になるから気持がいいのだよ。それはオゾンの働きだよ」

早川はそういった。

「しかしそれもあるかもしれないが、それだけで解決をつけるのは簡単すぎる」

野島は乗気で喋舌《しゃべ》ったのを腰を折られたので少し腹を立てた。早川に向って議論がしたくなった。

「しかし神をもち出す必要はないさ」

「しかし君は健康になればなぜうれしいか知っているのですか」

「健康になればうれしいにきまっているさ」

「我々は健康にしなければならないから健康になればよろこびを与えられ、病気をしてはいけないから病気をするのが苦痛のようにつくられているとも見ることが出来るでしょう。歯医者が歯の神経をぬけば歯はいたまない。そのかわり歯がどんなにわるくなったって気がつかない」

早川が何かいいたそうにした。

「まあしまいまで聞いてくれ給え。髪毛《かみのけ》や爪《つめ》は切っても痛くない。切って痛くないのを不思議にさえ思わない。そうつくられている。神経を身体中にぬけ目なくくばって人間の身体を保護している、その保護しているものは人間じゃない。自然といっていいかなんといっていいか知らない。ここで神をもち出すのは早いことは僕も知っています。しかしともかく人間でない何かの意志が其処《そこ》に加えられているということはいえる。僕はこんなところから話を始めようとは思わないのですがね。神経は何のためにあるかといえば健康を出来るだけたもつためにある。しかし人間のようなものに健康をたもたせたところが始まらないとも思えば思えるでしょう。我々が人間をつくったのではない。人類が人間をつくったのではない。道徳や、理性が人間をつくったのではない」

「蚤《のみ》をつくったものが、人間をつくったのですよ。蛆《うじ》をつくったものが人間をつくったのですよ」

早川は覚《さと》ったもののように笑いをふくんでいった。

「無論そうです。しかし蚤や蛆には健康は必要だが神は必要じゃないのです。神が必要なのは人間ばかりです」

少し座が白《しら》けた。野島は喧嘩《けんか》を買われたような気がして怒った。ひかえ目を失って来た。

「美だとか、無限だとか、不滅だとか、そんなものは蛆や蚤には不必要なのです。彼らを作ったものは彼らにそんなものを要求する本能さえ与えるのを惜《おし》んだのです。爪や髪毛に神経を入れるのを惜んだものは、また蛆虫に神を求める心を入れることを惜まれたのだ」

「それでは君は僕たちや、杉子さんを蛆虫だと思っていることになりますね」

早川は冷静に更に冷笑をつよめていった。

「そうです。もし無限だとか、不滅だとか、美だとか、永遠なものに合致するよろこびを少しも求めないなら蛆虫です」

「僕たちはそんな寝言はなくっても生きてゆけます」

「まあ、そんなことをいうものじゃないよ」

仲田は仲裁しようとした。

「だけど、僕は、蛆虫あつかいされて黙ってはいられないよ。無限だとか、不滅だとかいうものは*唐人《とうじん》の寝ごととしか僕には思えないから。杉子さんも同感でしょう」

「妾にはなんだかわかりませんわ。ですが、妾は健康に幸福に生きるには神様なんかいらないと思いますわ」

「杉子さん、あなたは自分をあざむいているのですよ。あなたの心はきっと神を求めていらっしゃる」と野島はいった。

「妾、神様のことはわかりませんわ。そして虫けらも人間もつまりは同じと思いますわ」

「ちがいます、ちがいます。人間には精神があります、魂があります。虫けらからは耶蘇《ヤソ》も、釈迦《しゃか》も出ません」

「もう遅くなったから僕たちはお先に失敬します」

と仲田はいった。

「そうですか」大宮はいった。

「さよなら」皆あいさつした。

早川は怒ったように先にたった。仲田兄妹は早川においついて、三人何か話して行った。

野島はあとを見送っていたが、急に泣き出した。

「どうなさったの」武子はおどろいた。

「かまわないで下さい」

「武子さん、海に入ろう。君も早川の馬鹿のことなんか怒っているより海に入る方がいい」

「ええ。野島さんもね」

武子は勢いよく海に入った。野島は黙っていたが、自分で元気をつけて、海に飛び込んだ。

「勝手にしろ！　杉子とは絶交だ」そんな気もした。

しかし野島は海に入っても面白くなかった。彼は海から出て黙って家の方へ一人で帰った。

彼は井戸端《いどばた》で水をあびて、身体《からだ》をふいて自分にあてがわれている室《へや》に入って仰向《あおむ》けにねて、あーあといって見た。淋しいような、腹立しいような、後悔するような気がした。彼はその気に打《う》ち克《か》って、その気を一方切りぬけて気持よくなりたく思った。だがその力はなかった。ややもすると泣きたいような気になった。

其処《そこ》に武子が来た。

「ちょっと、御本拝借」

「ええ、どうぞ」

武子が本をさがしている後姿を見て彼は武子が杉子だったら、武子の心が杉子に入っていたら、彼はそう思った。自分はやはり杉子の心を愛しているのではなく、美貌《びぼう》と、身体と、声とか、形とかを愛しているのだなと思った。しかしそう思って見れば見るほど、杉子の桃のつぼみが今にも咲きかけているような感じが、実になつかしかった。失うにしてはあまりに貴すぎる。

しかし屈辱は彼にはなお耐えられないもののように思えた。

二十二

彼は夕食後一人でそっと浜に出た。やはり杉子のことを考えていた。彼はもう杉子を憎んではいなかった。杉子に嫌《きら》われているとも思っていなかった。かえって杉子は、無邪気なのを、自分の方で早合点して淋しがったり、腹をたてたりしたのだと思った。

彼は浜の石をひろって、海へそれを投げた。そして、それが三つ以上、波の上を切ってとんだら杉子が自分としまいに結婚するのだとやって見た。しかし石は波の上を切って、一つ大きくとんだだけで沈んでしまった。

「こんなことはあてになるものか」

しかしいい気はしなかった。今度は偶数の数だったら一緒になれないのだ。奇数だったら一緒になるのだ。一つきりとばなかったのは二人が一人になる意味かも知れなかった。今度は沢山《たくさん》とびすぎて、数え切れなかった。

三度目こそ本当だ。

彼は波のくずれようとする頭を目がけてなげた。その日は殊《こと》に波のおだやかな日だった。

石は水をかすめて立派に三つとんで沈んだ。

「運がいいぞ」

彼は気持よく思った。だが信用する気にもなれなかった。彼はまた波のやって来るか来ないかという処に小さく杉子という字をかいた。そして波が十度くるまでにそれが消されなければ杉子は自分のものだと思った。彼は波を睨《にら》んでよせつけまいという顔をして立っていた。一つ、波は来たが三間《さんげん》ほど前で、ひき上げた。

「それ見ろ」

波はまた来た。それは一間ほど近くまで来て、彼を心配させ、そのかわり、彼にねめつけられて帰った。

三度目、四度目、五度目、波は根気よく来たり帰ったりしたが、杉子という字は消されなかった。

「あと五度、くるな、くるな、来てくれるな」

しかし波は字を消したがるようにこりずに来た。六度目のはかなりひどかった。あと一尺。七度目は三尺前でとまったが、八度目は悠々と来て杉子の字を消し、しかも一間ほど、あたりをなめて帰って行った。

彼はがっかりした。

「野島！　君は其処《そこ》にいたのか。今、杉子さんが来たよ」

「どうしていたい」

「相変らず元気にしていたよ」

「今は」

「武子と話しているよ」

「一人で」

「ああ一人で、さあうちに帰ろう」

「僕はもう少しいよう」

「それがいけないのだよ」

「だって杉子さんは僕に逢うのをよろこぶまい」少し大宮の意見をさぐるようにいった。

「あの人は他人を憎むということは出来ない人だよ」

「そういうのは人を愛することも出来ないという意味かい」

「そうじゃない。しかし熱情家というのとはちがうだろう。しかしそれは君の方が知っているだろう」

「いや、僕の方が君の意見がききたいのだ。あの人は早川を愛しているだろうか」

「まだ愛してはいないだろう。あの人はまだ誰も愛しようとはしていないよ。しかし今が正直にいうと恐ろしい時と思うね。今が一番大事な時だと思うね。武子より一つ齢下《としした》だというが、武子とちがってもう男に愛されるように用意されている。誰か一人を愛し、たよりたがっている。しかし処女の本能でそれを今用心深く吟味している。まだ意識はしていないだろうが。だから君は今はむしろ少し図々《ずうずう》しい位に杉子さんに逢うのがいいのだ。君のいい所は逢えば逢うほどわかる所にあるのだ。君のいい所は中々わかりにくい。それだけわかればもうしめたものなのだ。だから君は今躊躇《ちゅうちょ》すべき時じゃない。もう一歩杉子さんがどっちかにころんだら、それこそ事件は厄介《やっかい》になる」

野島は大宮のいうことを本当だと思った。

二十三

二人は大宮の室《へや》に入った。武子の室からは時々二人の笑い声が聞えた。野島はその方に気をとられて黙っていたかった。しかしそれだけなお気がひけて、何か言葉を見出そうとした。だがそれがなお技巧的でそらぞらしいのに気がひけた。おちつかない気持がした。

すると足音がして武子が入って来た。

「お兄さん、トランプなさらなくって」

「してもいいだろう」大宮は野島に聞いた。

「ああ」野島はよろこびをかくそうともせずにいった。この友には万事、かくす必要はないと思った。

「それならここでしよう」

武子は杉子を呼びに行った。

杉子は入る時に、ちょっと躊躇《ちゅうちょ》したようだった。入った時、少し赤い顔しているようにも見えた。二人は黙って丁寧に挨拶した。いつもの笑い顔を見せていた。

野島は何となく嬉しく思った。杉子は和解に来たのだ。自分のことを気にしていてくれるのだ。自分を嫌ってはいないのだ。もしかしたら幾分《いくぶん》厚意を持っていてくれるのかもしれない。

杉子はちょっと遠慮して見せたが、武子にいわれるとすぐ座布団《ざぶとん》の上に坐った。

「なにをしよう」

「なんでも」武子はいった。

「組をわけてプラス、マイナスをしようか」

「ええ」

「どう組むかな、野島と杉子さんと組んだらどうだ」

誰も返事はしなかった。

「それなら女同志と男同志とやるか。それでやる勇気がありますかね」

「ありますわ。ね杉子さん」

「ええ。男の方《かた》でありさえすれば」杉子は少しきまりがわるそうにいった。

「これはおどろいた」

皆笑った。組はきまって、大宮は器用にしかし無造作《むぞうさ》にきってわけた。

トランプは殆《ほと》んど武子と大宮の勝負だった。杉子と野島は時々馬鹿気《ばかげ》たへまをやった。野島は時にはうまいこともやったが、随分へまもした。杉子は時々トランプのことを忘れているようにも見えた。武子に注意されてあわててまちがった札を出したりした。顔はますます赤くなって、どうかすると手さえふるえるように見えた。

気をとりなおすように気がきいたことをするかと思うと、すぐへまをした。野島もそれに気がつくとへんに気がおちつかなくなった。何か見てはならないものを見るような気がした。杉子は恋しているのだ。自分に？　いやもしかしたら大宮に？　もしそうだったら。

野島はちらっとそんなことを考えた。しかし例の自分の廻《まわ》り気《ぎ》だろうと思った。その内に杉子もおちつき出した。そしていつものように快活になった。それで野島も、気のせいだと思った。そしてへんに思ったことさえ忘れてしまった。だが、その後も大宮を恐れる気だけはのこった。

彼は大宮の様子を見ないわけにはゆかなかった。しかし大宮は普段《ふだん》と少しもかわらなかった。杉子を眼中においていないようだった。いつもよりいく分か快活に見えたが、それだけだった。彼は大宮のその態度を感心したくなった。武子は実に無邪気だった。そして少しでも勝つと喜んだ。そして少しでも負けそうになると怒った。そして杉子を妹のように叱りつけたり、教えたり、おだてたりしていた。

杉子は武子に従順だった。殆んど口答《くちごたえ》さえしなかった。そして武子にいわれる通りにしていた。

その従順な所が、なお可憐《かれん》に見えた。武子は時々随分乱暴なことをいった。

「あなた、だめよ。そんなもの出して」

「それだって他に何にもないのですもの」

「それならさっき妾《わたし》の出す時、注意なさればいいのに」

「だって野島さんがもっと大きいのを出すと思っていたのよ」

「それだってその札は野島さんがついさっきとったのよ。あなたはぼんやりして見ていなかったのね」

「ごめんなさいよ」

皆笑った。野島はその時の杉子の表情を限りなく可愛《かわい》く思った。

トランプは二時間ほどつづいた。野島は時間もその他のことも忘れて幸福になっていた。そして杉子のよろこぶ時は心からうれしかった。

「もう帰らなければ」と杉子は不意にいった。

「まだいいじゃありませんか」

「いつまでいても限りがありませんから。それでは明日はぜひ来て頂戴ね」

「上《あが》ります」

「それでは失礼しますわ」

「そうお」

杉子は大宮に礼をいった。

「其処《そこ》まで皆で散歩しなくって」

「してもいいよ」

「お送り下さらないでも」

「いいえ、お送りしてよ。散歩がてらに」

「恐れ入りますわ」

「遠慮すると怒ってよ」

四人はそとに出た。そして海岸を通って杉子を送って行った。

杉子は野島にふいに話しかけた。

「野島さん、村岡さん御存知《ごぞんじ》？」

「芝居をかく、いつか仲田君やあなたと見にいった？」

「ええ、あの方がお友達と鎌倉に来ていらっして。さっきちょっと見えて、あなたのことを聞いていらっしてよ」

「そうですか」

「あの方はこの二十九日にうちで芝居をするので、女優がないから、妾《わたし》に出てくれとおっしゃるのよ。早川さんの親友で早川さんもおすすめになるの。ですけど妾はなんだか気まりがわるいのでお断《ことわ》りしようと思っておりますの」

「それは断った方がいいね」と野島は大宮に相槌《あいづち》を求めた。

「それは勿論、お断りになる方がいいでしょょ」

「兄が野島さんや、大宮さんにきいてきめろと申しましたの。それならお断りしますわ」

「それはお断りしなければ、妾は杉子さんと絶交するわ。妾、誰が嫌いだって村岡っていう人位嫌いはないの」武子はいった。

「どうしてそんなに大嫌いなの」

「だって嫌いだから仕方がないわ。あなたはあの人のかくものを嫌いにならなければ駄目よ」

「そんなら嫌いになりますわ」

皆笑った。

その晩、野島は幸福だった。杉子は自分を嫌ってはしない。もしかしたら自分を愛していてくれるかもしれない。あの人は武子さんのいうことなら何でも聞き、また信じる。武子さんは自分の価値を知っている。あの人も少しずつ自分のいい所がわかり出したのにちがいない。彼は武子と大宮に感謝したかった。その晩はよくねむれなかった。

二十四

翌日だった。朝早く彼は海岸に出て、ある砂丘の上に腰かけて海を見ていた。幸福は彼の心を満《み》《た》していた。希望は輝《かがや》いていた。彼は何かに感謝したい気がした。それと同時に、何かに未来の幸福のために祈りたかった。

彼は杉子と一軒家《いえ》をもつことを考えた。杉子が自分一人にたより、自分一人に媚《こ》び、自分一人のために笑顔をし、化粧をし、自分の原稿を整理し、自分のために料理をつくりする、彼はそんなことを考えると天国にいるよりもなお幸福になれるような気がした。その時、自分は精神界の帝王になり、杉子は女王になる。自分の脚本は世界を征服する。自分の脚本の私演を杉子がやる。自分たち二人は一緒に旅行する……

彼はそんな夢を勝手に見ていた。すると大宮がやって来た。

「早いね」

「君こそ早いね」

「僕はよく眠れなかった」

「そうだろうと思った。僕は今日君によろこびをいおうと思った。昨日初めて僕は君がなぜ杉子さんを本当に恋するようになったかがわかった。僕は今まで杉子さんの価値を内心ひくく見つもっていた。あの声とあの表情では大概《たいがい》の男がまいるのはあたりまえと思ったよ。僕でさえ、君の妻になる人として尊敬する気がなかったら心を動かされたかもしれないと思ったよ。しかしそれだけじゃない、僕は杉子さんが君のいい所を認めだしたことに気がついた。武子にも君のことをほめていたそうだ。早川はあんまり信用していないらしい」

「しかし僕より君を尊敬しているかもしれないよ」

「そんなことはないよ。僕は碌《ろく》にあの人と話したことさえないのだから。少なくも君を信用していることはたしからしい。ともかく僕は昨日の杉子さんを見て、君の結婚の幸福を本当に望む気がしたよ。今までそういっては失敬だが、少し疑っていた。あれなら安心と思った」

「ありがとう。君にそういわれると僕は本当に安心する。僕ほど幸福なものはない」

「君は幸福になっていい人間だ。それで浮き足にはなれない人間だから」

「僕はまだよろこぶのは早いことは知っている。しかしともかく僕は君たちの信頼に背《そむ》かないだけの人間になるよ」

野島は少し涙ぐんだ。

「海に入ろうか」野島はそういった。

「入ってもいいね」

「入ってから僕は一ねむりするのだ」

「僕は小説をかき出したよ」

「そうか。僕も何かしたくなった。勉強もしたい」

「お互に偉くなろうね」

「それはきっとなれるよ。君がいてくれるのがどんなにうれしいだろう。日本もこれから面白くなる。本当に仕事らしい仕事をしなければ不名誉だ」

「昨日、村岡の話にはおどろいたね」

「随分図々しい奴だね」

「きっと、見ていたまえ、杉子さんが入らなければ芝居をやるのはやめるよ。あの仲間では村岡はまだいいのだよ。もっと恐ろしい女たらしがいるのだよ」

「しかし断られただけで満足はしないだろう。何か手をかえてくるだろう」

「いくら手をかえて来ても、武子がいるから安心だ。あれは自慢じゃないが、一《いっ》こく者《もの》で、僕たちを信じ切っている。それに仲田のうちでも武子に一番遠慮している」

二十五

杉子を中心にしていろいろの男があつまり出した。仲田の家は交際家であり、仲田がまた交際家であり、杉子がまた誰にでもある点までは遠慮なく愛嬌《あいきょう》を見せる質《たち》であり、早川がまた社交家である。

仲田とちょっとでも知っているものや、早川の友達、そういう連中が五、六人、よく仲田の家に集《あつま》った。皆トランプしたり、ピンポンをしたり、一緒に海水に入ったりした。従って野島は杉子のそばによりつくのがいやになった。

早川とも少しへんになっている。其処《そこ》に村岡の仲間が近づき、ある一高*の生徒が近づき、北極星の周《まわ》りを北斗七星が廻るように廻っている。皆が杉子を露骨に讃美することがはやり出した。武子さえ、杉子の家にゆくのをいやがった。しかし仲田兄妹は暇を見ては大宮の家に来た。大宮に来るのか、野島にくるのか、武子にくるのかわからなかった。

ともかく、杉子も仲田のくるのも目的は武子にあるらしく野島は思った。しかし杉子の時々来てくれるのは何よりうれしかった。それを厚意に解釈出来る時はなおよろこんだ。

大宮はますます杉子に冷淡になった。大宮は方々から原稿をたのまれ出したせいもあって書斎に籠《こも》っている時が多くなった。仲田は野島の処《ところ》にくるような顔をしていた。野島の室《へや》によく四人集って何かした。武子は大宮をよびに時々行ったが、

「書きものしているから失礼します」とことづけた。これをきくと野島はある刺戟《しげき》をうけた。しかし杉子とあそぶ時は大宮のことも、脚本をかくことも忘れた。ただ杉子の帰る時がせまってくるのを恐れるだけだった。杉子はもう野島にはすっかり親しくなった。

「大宮さんはあなたとちがって勉強家ね」といったり、武子に「大宮さんは兄をお嫌いじゃないの」といったりした。

しかしたまには大宮も出て来た。そして仲田とも仲よくあそんだ。あるとき、仲田の家でピンポン大会をするからよかったらしに来てくれという通知を杉子がもって来た。

することは出来ないが拝見に上りますと答えた。大宮はゆきたがらなかったのだが、野島にたのまれて出かけることにした。

三人はわざと少しおくれていった。三人は皆に歓迎された。早川は大宮を先《ま》ず皆に紹介した。皆好奇心と尊敬とを見せた。村岡は、

「あなたのものをどれも感心して拝見しています」といった。

「どうも」と大宮はいって、あとの「ありがとう」を口に出さずに感じだけで濁した。それが謙遜《けんそん》からか、傲慢《ごうまん》からかわからなかった。

次に野島が紹介されたが、それは露骨に冷淡にあしらわれた。むしろ約束でもしてあったほど、二人の間に尊敬の差を見せた。

野島は丁寧《ていねい》にお辞儀したことをとり返したいような気がした。しかし知らん顔していた。武子は皆に注意されていたが、一向《いっこう》平気に気軽にあいさつして、杉子のそばに行った。

仲田の母は丁度《ちょうど》来ていた。そして、武子にいい処の席をすすめ、大宮にはわざわざ紹介してもらって、程度強く厚意を見せ、いい席をすすめ、野島は自家《うち》の人のように親しさを見せて、大宮のわきの席をすすめた。腰かけは十ほど、ふぞろいのがおかれてあった。早川と村岡の仲間は、向い側に腰かけていた。先ず五人ぬきの競技が始められた。

二十六

皆そううまくはなかった。一人一高の生徒が図ぬけていた。それは村岡を崇拝しているらしかった。その他は勝ったり、負けたりしていた。一高の生徒は四人ぬいた。五人目に誰も出る人がなかった。

「杉子さんは今日はやらないのですか」

「妾《わたし》、今日拝見するの」

「それはいけませんね」と誰かがいった。

「だって妾、負けるといやですもの」

「勝ったり負けたりするので面白いのでしょう」

「負けてばかりでは面白くありませんわ」

「あなたは負けませんよ。とても僕なんか敵《かな》いません」一高生徒はいった。

「おしなさいよ」武子は腹立てたようにいった。皆がいろいろ饒舌《しゃべ》るのを聞くのがいやなように。

「武子さんがそうおっしゃるなら、負けてもしますわ」

野島と大宮の他は皆喝采《かっさい》した。

一高の生徒は過失か故意か、つづけて三つしくじった。杉子の方が景気がよかったり、うまくやったりすると、皆厚顔《あつかま》しくほめた。

「君は相手じゃないね」

「とても杉子さんには敵わない」

杉子も二つほどしくじったが、とうとう勝った。皆拍手喝采をした。

「それなら一つ兄の威光でやってやるかな」

仲田はそういってかわった。皆大笑いして喝采した。全体の調子が急に高まったようだった。

仲田に味方する者は誰もなかった。仲田がしくじると皆嬉しそうに笑った。そして杉子のうまいのを大げさに誇張してほめあった。それが野島には空々《そらぞら》しく軽薄に聞え、根性が見えすくように見えた。彼の顔はますます苦虫《にがむし》をつぶしたようになった。来なければよかった。毎日こんなことして皆さわいでいるのだろうと思ったらいやな気がした。彼は仲田の味方をしたい位に思った。だが黙って笑い顔さえ見せなかった。大宮はもっと自然な態度をとっていた。笑う時は笑った。不愉快な時は顔をちょっとしかめたが、またすぐ愉快そうに皆と一緒に笑った。だが手もたたかなければ、何にもいわなかった。

仲田は大笑いのうちに負けてしりぞいた。

「それなら一つ仲田君の讐《かたき》をうつかな」

早川はそういってかわって出た。皆喝采した。杉子は実際、その日はうまくもあった。時々駄目かと思う処をうまく切りぬけた。

皆はその度に嬉しがった。ほめ上げた。杉子もうれしそうに、少し上気した顔はいつもより生々《いきいき》して、美しく見えた。注意が一つに集って、手が機敏に動いた。野島も何もかも忘れて讃美したい気持で見ていた。しかし時々皆がお世辞の競争をするには閉口した。

早川も負けてしりぞいた。

「今日は杉子さんには何かついている」

皆よろこんだ。

四番目に、村岡が出た。

「それなら一つ負けに出るかな」

村岡の仲間は大喝采した。村岡もいい加減うまかった。しかし半分茶かしたようにした。そして杉子に其処《そこ》を突込《つっこ》まれて強い球をたたきつけられるとしくじった。

皆その度《たび》によろこんだ。村岡もまけた。今度は誰もすぐは出なかった。

「今日の杉子さんにはとても敵わない。五人抜したのも同じことだ」と誰かがいった。

「本当にうまいのにおどろいた、いつも皆飴《あめ》を喰わされていたのだね」

「野島君、どうです」早川がいった。

皆喝采した。野島は本当に閉口した。すると大宮がいった。

「野島の代理を僕がしましょう」

二十七

皆、大なる期待をもってその勝負をむかえた。拍手は一きわ盛んに起った。皆、大宮には一目《いちもく》おいていることが露骨に感じられた。

杉子は赤い顔をしてぼんやり立っていた。思わぬ敵に出くわして、逃げこみたいようにも見えた。何かいいたそうにしたが、言葉は外に出なかった。勇気を起すように用意した。

審判官の相図《あいず》があって、大宮がまず球をうち込んだ。初めはしくじったが、それは明《あきら》かに杉子を頭からやっつけるように獰猛《どうもう》なものだった。杉子は度肝《どぎも》をぬかれたようにふるえ上るように見えた。二番目はそれほどではなかったがひねくれた球だった。杉子は辛うじてうち返したが、次の極端に意地のわるい球には手の出しようがなかった。

皆、大宮のうまいのに驚いた。しかしその容赦《ようしゃ》のないのになお驚いた。皆のピンポンは女王のお相手をしているのなら、大宮のは獅子《しし》が兎を殺すにも全力をつかうという風だった。勝負は二度やることになった。

杉子がサーブをして処女のような人のいい球を打ちこむと、それがまた脱兎《だっと》の勢いで帰って来た。杉子はすっかり勢いにのまれてしまった。しかし杉子は自暴《やけ》はおこさなかった。一生懸命になって暴君のお相手をするように見えた。

野島は見ていて冷々《ひやひや》した。いたいたしい気さえした。他の人にたいしては痛快に思ったが。武子はうれしそうに見ていた。勝負は無造作《むぞうさ》にかたがついた。座は少し白《しら》けた。

「大宮さんは本当にお上手ね」と杉子は少しどもりながら本当に感心したように、武子にいって、上気した顔に乱れかかっている髪をなで上げた。

「随分乱暴でしょ」

「あれが本当ね。妾《わたし》たちのはママゴトね」

一高の人がかわって出た。犬の噛みあいのような勝負をしたが、大宮の敵ではなかった。仲田が出たが、すぐまけた。もう出る人はなかった。大宮は野島を見て気まりわるそうに笑って引込んだ。それが野島には奥ゆかしく、うれしく思えた。

ピンポンはそれでお流れになって、それから皆、菓子を食ったり、茶をのんで話をした。野島たちはいい加減で切りあげた。

夏の夕《ゆうべ》は気持がよかった。別荘の沢山ある道は気持がよく、蟬《せみ》のなき声もあまりに高くはなく、夏の夕らしい感じを与えた。三人は各々《おのおの》何か考えているようだった。少しして武子はいった。

「妾、胸がすいたわ」

「僕はあとで大人げない気がして淋しかった。しかし野島の困っているのを見ると出ないわけにもゆかなかった。出ればああやるより他《ほか》なかった」

野島に、

「君に不愉快を与えやしないかと気にした」

「そんなことはない」

「皆があまり空々しい御機嫌《ごきげん》をとっているのだろう。僕もしなければいいが、すればああやるより仕方がなかった。杉子さんにたいして尊敬は失いたくないとは思ったが」

「杉子さん、ちっとも不愉快には思っていらっしゃらなくてよ。かえってあなたのことをほめていらっしたわ」

「ピンポンがうまくったって自慢にはならない」

「だがあんな遊びでもその人の性質の出るものね」

「そういわれると恥かしいよ。俺は自分ですぐムキになるのがわかって滑稽《こっけい》な、恥かしい気がした」

「僕は、君の態度を少しも恥かしがらなくっていいと思うよ。僕は本当に気持よく思い、胸がすいたよ。僕は出ろといわれた時どうしようかと思った。君が出てくれたので本当に嬉《うれ》しかった」

「君にそういわれれば僕も安心する」

二十八

翌朝だった。野島は不意にさむけがし、頭痛がした。熱をはかって見たら三十八度九分あった。彼は床に入った。しかし元気は失わなかった。彼は寝床で西洋の本や画《え》を見ていた。大宮や武子は心配したが、彼の方がかえって安心していた。医者にかかる必要もない、その内なおるといった。そして風邪薬《かぜぐすり》をのんだ。午後二人は海に入りに行った。野島はうとうとねむった。その内ふと足音で目がさめるまで、三時間ばかりねこんだ。

大宮は一人で入って来て「どうだ」といった。

「大へんいいようだ。もう寒気もとまったし、こうしていると頭痛もしない」といった。

「杉子さんからお大事にとことづけがあったよ」

「そうか」野島は感謝したかった。

大宮は杉子のことはそれっきりいわなかった。そして野島の枕許《まくらもと》にある＊泰西《たいせい》美術史を見ていた。するとと不意に、

「西洋にゆきたくなった」と大宮はいった。

「どうして」

「僕はレオナルド*や、ミケルアンゼロや、レンブラントの本物が見たくなった。ベートオフェンの音楽もじかに知りたい。マーテルリンクや、ローマン・ロランにも逢って見たい」

野島は大宮が西洋にゆきたい気のあるのは前から知っていた。しかし大宮は三十二、三になってからゆくといっていた。

「それは僕も行って見たい。しかし今はやはり日本にいる方がいいと思う」

「君は日本にいなければ駄目《だめ》だよ。杉子さんのことがあるから、僕は自由な内に行って来たい」

「君は三十二、三になってからゆくといっていたろう」

「僕はこの頃はすぐにもゆきたくなった」

「そんな話はちっとも聞かなかった」

「正直にいうと今、不意にゆきたくなったのだよ。この本を見ていたら」

「なんだ。僕はもっと根拠のある話かと思った。今君に行かれると僕は本当に淋しい」

「僕も今君とはなれるのはよくないとも思うがね。向うへゆけば、本や画を送るよ」

「本当にゆくのか」

「ああ、僕はもう決心した」

野島の腹の底の何処《どこ》かではこのことをよろこんだ。彼は杉子が早川や、その他の人を尊敬していないことを感じだしていた。それと同時に彼にとっての大敵は実に親友の大宮だということを感づかないわけにはゆかなかった。大宮は安心だが、杉子の方が、大宮にあまり感心してしまわれては困ると思った。しかしそう思うだけ、ことが露骨なので、とめなければわるいような気がした。また実際、今大宮にわかれるのは淋しくもあった。しかしどっちの気が強いか、ややもすると押えようとしても押えきれない気持はどっちか。それはむしろ大宮の外国へゆくことをのぞむ心だった。そして行くのをやめたといわれるのがかえって怖ろしい気もした。外国へ行くと思っていて行かなくなるとがっかりしはしないかという不安さえ感じた。そしてその根性を自分でも醜《みにく》く思った。これが自分の本音か、自分の友情か。野島はそう思うと自分が骨の髄まで利己主義のような気がした。しかし大宮は外国へ行けば行くで、何か獲物《えもの》をしてくる男だ。大宮は何処へ行ってもまちがいのない、得るものをちゃんとうる男だ。*ヂョットーや、ミケルアンゼロやレオナルドや、デュラー、レンブラントの本物を見る。またドラクロア、ミレー、シャバンヌ、セザンヌなぞの本物を見る。それからよき芝居とよき音楽と、よき本を見る、自由な心で。彼はそう思うと其処《そこ》にまた一種の恐れを感じた。おおお、自分は何という見下げた男だ。

自分も真価の方でしっかりやらなければならない。杉子よ、自分を信じてくれ、自分にたよってくれ、この獅子《しし》に翼を与えてくれ。

野島はそんなことを考えた。

二十九

其処《そこ》に武子は入って来て、

「御病気どう」といった。

「ありがとう、もう随分よろしい」と野島はいった。

「熱をお計りになったら」

「ありがとう」彼は武子の親切をありがたく思った。病気で気がよわくなっているので、なお、これが杉子だったら自分は病気したことをどんなに感謝したろうと思ったが。

熱は八度二分位にさがっていた。

「何かお食べになりたいものなくって」

「ありがとう。別に」

「口がかわくでしょ。梨でもとりにやりましょうね」

「それがいいだろう」大宮はいった。

「ありがとう」

武子は出て行って、すぐかえって来た。

野島は杉子のことが聞きたかった。自分の病気を本気に見舞ったのか、ただ礼儀に見舞ったのか、少しは心配してくれたのか。少しも心配してくれなかったのか。しかし聞くことは出来なかった。

大宮は武子に、西洋に行こうかと思うことを話した。

「何処《どこ》にいらっしゃるの」

「まあ伊太利《イタリー》から仏蘭西《フランス》だね」

「羨《うらや》ましいわ、いついらっしゃるの」

「この九月か、十月に」

「そんなに早く、本当？」

「本当だよ」

「杉子さん、随分……」武子はそういいかけてあわててどもった。しかしこれは野島には随分の打撃だった。しかし聞きちがえのような気もした。誰も、そのことを気がつかないような顔していた。

「妾《わたし》も行きたいわ」

「行ったらいいだろう」

「妾、だめよ。お兄さんが行くというと叔母《おば》さん随分心配なさってよ」

「今の内ゆく方がかえっていいよ。もう六、七年あとにゆくより」

「妾、音楽の才があれば西洋にゆきますがね。ただ見ただけではすまないわ。それにお母さんは承知なさらなくってよ。妾がわきにいるのはお嫌いでも。妾をもう何処かに嫁にやろうと思って心あたりをつけていらっしゃるのですもの。再来年《さらいねん》位になったら、妾新婚旅行で外国にゆくかもしれないわ」

「そうすれば向うであうか」

「向うで逢えれば随分うれしいでしょうね。ルーブル*につれていって頂戴ね。それから芝居や、音楽会に」

野島は二人の会話を聞いている内に、へんにのけものになったような気がした。彼の家はやっと食うに困らない程度だった。大宮とはそういう点では世界がちがっていた。しかしその点はまだよかった。二人はやはり自分にとって赤の他人だという気がした。武子だって自分をただ大宮の親友としていく分か厚意を持つだけで、大宮の方をどの位、信用したよっているかが露骨にわかった気がした。

杉子も。彼は淋しく、一人ぼっちのような気がして、早く母のもとに帰りたかった。彼は元気な時には母のそばにいるのを嫌った。ある齢《とし》がくると子供は親の手からはなれたくなる本能をもっていることをよく感じた。ところが人の家で病気をすると母が恋しかった。母なら本当に自分の事を心配してくれ、熱があると心配して手がすく度《たび》にやって来て、頭をひやしてくれたり、うるさいほど容態《ようだい》を聞いたりしてくれる。其処に誠があらわれていて疑う余地がない。しかし母以外は今の自分にとって誰も他人だ。しかしそれは無理はない。

三十

その晩はうとうとしてふと、大勢の笑い声がしたと思って目をさますと、大宮の室《へや》にはお客が来ているらしかった。仲田の声が聞えた。また皆の笑い声が聞えた。その内に杉子の無邪気なというより、馬鹿気たといいたい位に野島にはとれた、笑い声がまじっていた。見舞に来たのか。そうじゃない。遊びに来たのだ。自分の病気なぞは杉子にとっては蚤《のみ》が喰ったほどにも思われないのだ。

彼は腹が立って来た。勝手にしろと思った。しかし淋しかった。孤独の感じが更に強くした。自分は杉子が病気だと聞くと本当に心配する。しかし杉子は自分の病気はまるで気にしないのだ。誰がなんといっても、あの笑い声でわかる。そう思うと孤独な感じがした。

大宮も笑う、武子も笑う、仲田も笑う、杉子も笑うのはあたりまえだ。だが野島は杉子だけには笑ってもらいたくなかった。

杉子が自分のことを心配してくれて、皆にへんに思われることなんか平気になって、この室に来て、自分を看護してくれたら、自分はどんなに喜ぶだろう。極楽《ごくらく》もこれ以上とは思えまい。そう思えば思うほど、杉子の無頓着《むとんちゃく》が、腹がたち淋しかった。

大宮が西洋にゆく。いい気味だ。自分はもう杉子のことなんか思ってやるものか。

自分は自分を偉大にする。自分は乞食ではない。愛を嘆願はしない。自分を愛することも尊敬することも出来ないものに用はない。

しかし彼は淋しかった。そして枕許《まくらもと》の雑記帳に、

「杉子よ、杉子よ、俺の病気の時はどうか笑わないでくれ、たのむ。お前は親切な、人のいい女じゃないか。お前だけは笑うのはよしてくれ」

しかし杉子の笑いは、気にすればするほど、彼の耳にひびいた。

彼はまだ杉子の見舞にくるのに望みをおいた。しかし来ないのがあたりまえだとも思った。そして杉子はとうとう来なかった。十一時がなるのを彼は聞いたが、仲田兄妹《きようだい》の帰ったのはそれからかなりあとだった。彼はおかげで自分の病気が重くなったと思った。

しかし翌日になると、すっかり熱がなく元気になっていた。起きると、少しふらつき、力はなかったが。そして午後皆が水泳にゆく時、彼も、大宮や武子にとめられたが、杉子の様子が見たいので、出かけた。

杉子はもう来ていた。そして野島を見ると、微笑《ほほえ》みながら近づいて、親しく挨拶《あいさつ》して、

「御病気はもうおよろしいの」と聞いた。

「ええ」

彼は他愛《たわい》なく幸福を感じた。彼は砂の上に腰をおろした。杉子は海水服のまま、その

そばに腰をおろして、

「大宮さんが西洋にいらっしゃるって、本当」

「ええ」

「大宮さんがいらっしってはあなたお淋しいでしょう」

「ええ、大宮に行かれると、僕はもう話相手がなくなります」

「妾《わたし》ではお話相手にならなくって」

「あなたなら、話相手になります」

野島は幸福を感じた。

「妾この頃だんだん神というものがあるような気がしてきましたわ」

「ありがとう」

「これからわからないことがあったら、色々教えて頂戴《ちょうだい》ね」

「僕に出来ることなら」

「あなたは大宮さんの先生でしょ」

「そんなことはありません」

「昨日大宮さんと武子さんであなたのことを随分ほめていらっしてよ」

「僕はほめられる資格はありません」

彼は本当にそう思った。そして大宮たちに謝罪したい気がした。

三十一

彼は本当に幸福を感じた。自分が値《あたい》しない幸福が彼に微笑《ほほえ》みを見せて来た気がした。彼はすべての人を愛と感謝をもって見たく思った。自然はどうしてこう美しいのだろう。空、海、日光、水、砂、松、美しすぎる。そしてかもめの飛び方の如何《いか》にも楽しそうなことよ。そして人間にはどうしてこんなに深いよろこびが与えられているのだろう。まぶしいような。彼はそう思った。自分のわきに杉子がいる。そして自分を尊敬し、自分にたよろうとしている。自分に住む資格がないような幸福が自分をとりまいて、悲しみと淋しさに向って彼が自《おの》ずと用意していた甲冑《かっちゅう》がいつのまにか溶けている。しかし彼はまだ何となく運命を信じ切れず、不安を何処《どこ》かに感じている。しかしうれしさがややもすると抑えきれずにあふれてくる。

彼は皆に感謝したかった。殊《こと》に神に。

「私は謹《つつし》みます。出来るだけのことをします。どうかたった一つのことは叶《かな》えて下さい。お願いですから。杉子を私のものにして下さい。杉子を私から奪わないで下さい。私はあなたのために出来るだけ働きます。皆の幸福のために働きます。あなたの意志に出来るだけ従います。ですから、私を憐《あわ》れんでこのあなたから与えられた限りない幸福を奪わないで下さい」

彼は杉子にいつまでも自分のわきにいてもらいたかった。しかし杉子が立ってゆく時が怖すぎるので、早くいい時に立って行ってほしくも思った。あまり幸福すぎる時、彼は一種の恐れを持つ。人間にはまだあまりに幸福になりきれるだけの用意が出来ていないように彼には思えた。生れたものは死に、会うものはまた別れる。そういう思想は何時《いつ》となく彼の心にも忍び込んでいる。

「幸福であれ」と彼は心に祈った。沈黙がちょっとつづいた。

「あなたは殆《ほと》んど病気をなさいませんね」

「ええ、妾《わたし》は随分丈夫よ。武子さんに笑われるのよ。あなたは楽天家だから病気をしないのですって。ですけど妾だって心配はありますわ」

「どんな」

「だって人間は誰だって死ぬものでしょ。運というものはわからないものでしょ。こうしている内に母が死なないとも限りませんわ」

「だけど大丈夫でしょう」

「大丈夫だと思わなければ、妾、とんで帰りますわ」

「あんまり心配しない方がいいのですよ。*夜半《よわ》に嵐の吹かぬものかは、という歌がありますね。しかし私たちは六千べんか、七千べん夜を無事に通して来ていますからね。その方がかえって不思議な気がしますが。あんまり心配すると損しますすよ」

「妾だって、そう本気に心配してはしませんわ」

「あなたは出来るだけ身体《からだ》を大事になさらなければいけませんよ」

「ありがとう。あなたもね」

「ありがとう。僕は本当に身体を大事にします」

「大宮さんがおっしゃってよ。あなたは意志の強い方で、身体のよわいのを意志で十分とり戻しているって。しかし御無理なさらない方がおよろしいわ。大宮さんはまたあなたのことを、どうしてあんないい奴が日本に生れたのだろうとおっしゃってよ。本当に大宮さんはいい方ね」

「ええ、ええ。あんないい人間はありません。僕は大宮を限りなく尊敬しています。

あんなに友情にとんだ、人の心がよくわかり、思いやりのある男は他にありません」

「本当ね。妾、あんなに友情の厚い方を見たのは初めてよ」

三十二

彼はもう恐怖なしに嬉しかった。

「大宮がいなかったらどんなに淋しかったでしょう。僕は大宮に慰められて勇気をとり戻すことが出来たことが何度あるかわかりません」

「本当にあなた方はいいお友達ね。それでこそ本当のお友達だといつも武子さんと話しておりますの」

其処《そこ》へ仲田が来た。

「病気だったって、もういいのかい」

「ああ、もうすっかりいい」

「昨日大宮君や武子さんが心配していたっけ」

「そうかい。もういいのだ」

「早くなおってよかったね」

「ありがとう」

「僕は近い内東京に帰ることにした」

「どうして」

「もうそろそろ涼しくなったし、ここにいると五月蠅《うるさ》くって勉強出来ないからね」

「勉強するのか」

「勉強するよ。僕も、この頃勉強する気が猛烈に出て来た」

「それは感心だね」

「感心だろう。これからの世の中は何といったって勉強の世の中だからね」

「それはそうだ」

「おちついて勉強したくなった。大宮君も西洋へ行って、うんと勉強するといっていた。大宮君が西洋へ行って勉強してくれれば本当に鬼に金棒だね」

「ああ」

「世界的な仕事をするだろう」

「それはするだろう」

「僕も大宮君の話をきいていると、勉強しなければ譃だという気が本当にしたよ。勉強するのは今のうちだと思った。思想をちゃんとしておかなければ、これからの世界は駄目《だめ》だからね」

「それはそうだ」

「僕も大いにやる。君も大いにやり給《たま》え」

「やるよ。僕も負けてはいない」

「大宮君は実に君を信じているね。大宮君や武子さんの話をきいていると君を見上げたくなってくるよ。君はいい友達をもっていると思うよ」

其処に大宮と武子が来た。

四人で話している内に不意に、「明日一緒に東京に帰ろう」ということにきまった。

大宮は西洋へゆく用意にとりかかるといった。

「何年いっていらっしゃるの」と杉子は聞いた。

「三、四年、もっといった工合でいるかもしれません」

「もっと早くお帰りになるかもしれないのでしょ」

「それははっきりしたことはわかりません」

「妾《わたし》もゆきたいわ。何でもよろしいから、あちらにいらっしたら、何か送って頂戴《ちょうだい》ね」

杉子は甘えるようにいった。

「僕は不精《ぶしょう》ですから御約束は出来ません」

「それでも野島さんには何でもお送りになるでしょ」

「野島は別です」

「武子さんには」

「武子の母にたのまれれば」

「妾がおたのみしたのでは駄目」

「駄目です。しかし何かほしいものがあったら野島におたのみなさい」

杉子はそれには答えないで黙ってしまった。

野島は大宮の頑固《がんこ》なのにおどろいた。自分が大宮の位置にいてもああきっぱりはいえないと思った。譃がつけない点ではお互にまけないまでも。野島の方が頑固のこともあるが、道徳的潔癖では大宮には敵《かな》わないと思った。

三十三

帰りの汽車は楽しいものだった。野島は久しぶりに東京へ帰るのは嬉しかった。夏の夕方の東京を野島は好きだった。殊《こと》に本屋へ行って本をさがすのが好きだった。また久しぶりに自家《うち》の人に逢うのも自家に帰るのも嬉しかった。しかし汽車がいつまでも、いつまでも東京につかなければいいと思った。このまま極楽まで行ってもいいと思った。其処《そこ》には杉子がいる。機嫌よくしている。野島にもよく話しかける。梨をむいてくれる。身体《からだ》のことを気にしてくれる。笑い顔を見せてくれる。親しさが目に見えて進んで来たように見えた。あたりの人は楽しそうな五人を見る。羨《うらや》ましがるものも、不快に思うものも、一緒に笑いにつり込まれるものもある。

野島にはそれは気にならない。彼は汽車がいつもよりも性急なのを感じるばかりだ。

いつのまにか横浜についた。

「早いね」

「早い」大宮は少し冷かすようにいった。

横浜を出るとなお汽車は早かった。東京駅で別れをつけて、四人は俥《くるま》*にのった。野島だけは電車に乗ろうとした。しかし電車は中々来なかった。身体は少しは大儀《たいぎ》だったが、歩きたい気もした。それで電車道を通って日比谷の方に歩いた。朝の十一時頃で、日はかなり強く照りつけ、あたりは日光を反射したが、彼は久しぶりに東京の土をふむのは嬉しかった。帰ると母がさぞよろこぶだろうと思った。しかし彼はそんなことより、杉子のことを考えていた。杉子のめきめきと親切になったことを考えた。

杉子の口からもれた一こと一ことを思い出しかみしめた。其処《そこ》に自分にたいする親しさと厚意が味《あじわ》えた。彼は嬉しく思わないわけにはゆかなかった。

三十四

その後大宮は外国にゆくのに忙がしかった。

九月の末にはたつことにきまった。その日野島は横浜まで送ることにした。東京駅に大宮を送る人は五、六十人来ていた。武子の父も母も来ていた。武子は大宮の母について横浜までゆくことになっていた。雑誌記者や、文士も見えていた。新聞記者も来て大宮と何か話していた。しかし野島はそれらの人のことは気にならなかった。彼の気になったのは勿論同じく送りに来ていた杉子だった。杉子にしてはいつもより厚く化粧していて、いつもより美しくは見えたが、無邪気には見えなかった。そして誰とも話をせずに一人淋しく立っていた。つつましく、だが何か考えているように。少し痩《や》せたのではないかと思った。

武子がそれに気がついて近づくとさすがに笑って見せた。大宮は野島に近づいた。

「僕は君の幸福を祈っているよ」大宮はそういきなりいった。彼は泣きたいような気がした。大宮も涙ぐんでいるように見えた。

「ありがとう。君は身体《からだ》を大事にしてくれないといけないよ」

「ありがとう。僕が向うへ行っている内に二人で来給《たま》え。旅費位、どうでもするよ」

「そういけば」

野島はそのさきはいえなかった。其処《そこ》へ大宮の母が来て、野島に挨拶して、

「何とかさんがお見えになったから、挨拶しておいで」と大宮にいった。

「ちょっと失敬する」

「どうぞ」

切符を切るようになったので皆、我勝《われが》ちに入った。

野島の一生忘れることが出来なかったのは杉子のこの日の態度と目だった。杉子は誰にも気がつかれない処《ところ》に立って、気がつかれないように、一つのものを見つめていた。それは大宮を見つめているのだった。野島は杉子の心がすっかりわかったように思った。

三十五

ここで自分は少し筆をはしょる。野島は杉子が大宮を恋していることを瞬間的に直覚した。汽車は動き出して皆万歳《ばんざい》をいって、手をふったり、帽をふったりした。杉子も人々のかげで謹《つつし》み深くはんけちをふっていた。彼女の姿は人々の動くので見えたり、見えなかったりした。野島は大宮の目をぬすみ見た。しかし大宮は杉子を時々見るようでもあり、しかしその目は汽車の窓から首を出して皆に返礼している大宮にそそがれていた。野島は大宮が立ったあとでも、仲田の処《ところ》に時々出かけて、杉子に逢《あ》った。杉子の態度は別にかわらなかった。大宮の話も時には出たが、別に野島には見ないようでもあった。野島は大宮が立ったあとでも、仲田の処に時々出かけて、杉子に逢った。

気にならなかった。ピンポンもした。トランプもした。しかし前ほどのり気になれなかった。野島は段々おちつかなかった。彼はいつ何時《なんどき》、杉子が人妻になるかわからない気がした。彼はとうとう一年後に間に人をたてて杉子の家に結婚の申込みをした。だが体《てい》裁《さい》よく断られた。彼はそれでもあきらめられなかった。それで仲田に、「杉子さんの本当の意志を知らしてほしい」と手紙をかいた。仲田からは「当人も今結婚する意志はまるでない」といって来た。彼はそれから仲田の家にはゆくことが出来なくなった。彼は段々仲田の手紙だけでおちつけなくなった。仲田は如才《じょさい》ない男だ。当人の本当の意志でないことも当人の意志のように書き兼ねない男だ。本当に杉子さんの意志を知らない内は思い切りたくも思い切れないと思った。

彼はそこで思い切って杉子に手紙をかいた。

「私は貴女《あなた》なくしてこの世に生きることの淋しさをあまり強く味《あじわ》わされております。私はそれに耐え兼ねて失礼も顧《かえり》みず手紙をかきます。私の心は貴女は既に御存知《ごぞんじ》と思います。私は何にも申しません。ただただお願いします。貴女の本当の意志を御知らせ下さい。私は何年でもお待ちします。少しは望みがあるのですか。少しも望みはないのですか。何もかも正直にいって下さい。私はこわいのです。しかし貴女の言葉をきかない内は、少しもおちつきません。少しでも希望のある言葉を私は望んでおります。私は知らぬ神に祈ります。泣いて祈ります。少しでも希望がありますように。ですが本当のことを知らして下さい。私も男です。本当のことを知れば、あきらめなければならない時はあきらめます。そんな時のこないことを祈っておりますが。どうぞ御返事下さい。私は貴女からの宣告を恐る恐る希望に燃えながら待っております」

杉子はそれに簡単に答えた。

「御手紙拝見いたしました。あなたのような尊敬すべき方にかほどまでいって戴《いただ》くことは勿体《もったい》なく思います。しかし父や兄のお答え申した通りより私も御返事が出来ませぬ。どうぞあしからず。心であやまっております」

野島はこの冷たい手紙を繰返《くりかえ》しよんだ。そして絶望だということを本当に感じた。彼はすっかり参ってむせび泣いた。その二、三日後に彼はベートオフェンの肖像に次のベートオフェンの言葉の原文を乱暴にかいて柱に鋲《びょう》でとめた。

「お前は人間ではない。自分のために生きる人間ではない、ただ他人のためにのみ。お前には自分自身の内、芸術より他に幸福はない。神よ、私に克《か》つ力を私に与えて下さい。私を人生に結びつけるものは何にもありません。Aとこうなってはすべてが失われました」ただAのかわりにSがつかわれていた。

彼はこのことを巴里《パリ》にいる大宮には勿論報告した。大宮からは時々たよりがあったり、本や画《え》の類を送って来たが、その頃からばったり杉子のことはかいて来なくなった。彼はそれを自分の傷にふれないためととった。

それから一年ほどたって、既に結婚した武子が夫と西洋へゆく時不意に杉子も一緒《いっしょ》に洋行することを野島は聞いた。

野島はそれを本当にはしなかった。彼は文壇からは少しずつ認められて来、彼の芝居も二つ三つ演じられた。元よりそれは一般の注意をひく力はなかったが、一部からは大いに期待され、恐れられもした。しかし野島はそれで満足は出来なかった。彼はただ淋しかった。そして杉子のことが忘れられなかった。

一度彼は往来で杉子に出逢った。まばゆいように美しくなったと彼は思った。杉子は彼に気がついた。そして謝罪するように彼に辞儀をした。彼も丁寧に罪人のようにお辞儀をした。一こともまじえなかった。彼はもう心を失った人のように立ちどまって、彼女の方をふり向いた。彼女はふり向かずに一番近い四つ角を右の方へ曲って行った。彼は杉子が御辞儀してくれたことが、嬉しかった。そして感謝した。しかし同時に失ってはならないものを失ったことに気がつかないわけにはゆかなかった。自分は実に全世界を失ったのだという気がした。彼は丸善*へ行こうと思って出たのだがすぐやめて家に帰って、泣いた。そして大宮から送ってくれたベートオフェンのマスクに顔をあてた。それはベートオフェンの肖像を柱に鋲《びょう》でとめたことを知らした時、少しおくれて大宮から送って来たので、彼は大宮の友情に感謝して涙ぐんだ。その時の彼にこれほどありがたい送りものはないと思えたので。彼は持つべきものは友だと思った。杉子の洋行は事実だった。彼はあることを感じはしたが、それはうち消していた。彼はまるで誰とも逢わず、散歩と読書とものをかくのと泣くのとで日を送っていた。

杉子がたって三、四カ月たった時、彼は大宮からへんな手紙をうけとった。それはミケルアンゼロの*ピエターのエハガキの裏全面に英語でかかれていた。大宮は仏語と英語が出来た。野島は独逸語《ドイツ》と英語が出来た。それで英語でかかれていた。

「尊敬すべき、大なる友よ。自分は君に謝罪しなければならない。すべては某《ぼう》同人雑誌に出した小説(?)を見てくれればわかる。よんでくれとはいえない。自分の告白だ。それで僕たちを裁いてくれ」

この僕たちという言葉が野島にはへんに気になった。某同人雑誌は大宮を尊敬する人々によって出されている雑誌で野島もその寄贈をうけている。彼はその雑誌をうけとると、すぐ大宮のものをひらいた。そしておどろいた。目まいがした。それには次のようなことがかかれていた。

下篇

一

大宮さん、怒らないで下さい。私が手紙をかくのには随分勇気がいりました。私は何度かきかけてあなたを不愉快におさせしてはすまないと思ってやめたかわかりません。あなたに怒られ、手紙をよこしては困ると、おっしゃられては私は立つ瀬がありません。私はあなたに軽蔑《けいべつ》され愛想をつかされることも恐れておりました。ですがもう私はそんなことを心配していられなくなりました。一生のことです。一生のことよりもっと以上のことかも知れません。ともかく手紙をかきます。怒られても、愛想つかされても、この気持でいるよりはましと思います。

先日武子さまに三越《みつこし》でお目にかかりました。夫の方《かた》も御一緒でした。武子さまは実際お美しくおなりでした。夫の方も立派な方でお似合の御夫婦と思いました。その時、私の方では遠慮しておりましたが、御丁寧に挨拶して戴《いただ》き、その上夫の方に引きあわして戴き、そして御主人の役所にゆかれる留守に退屈だから来てくれとのお話で、私も大喜びで一昨日参上いたしました。そしてあなたのお話も伺《うかが》い、最近のお写真も拝見いたしました。ハイカラにおなりになったと二人で笑いました。しかしちっとも軽薄の感じのしないのが不思議だと申しました。私はその時、武子さまに大宮さんにおねだりしたいものがあるのですが、いいでしょうかと申しました。それはいいでしょ、いくらでもおねだりになるといいわとおっしゃって下さいました。そしてお処《ところ》も伺ったのでした。武子さまも、この十一月にはお二人で巴里《パリ》にいらっしゃるようなお話でした。どんなに羡《うらや》ましかったかしれません。巴里は私もぜひ一度はゆきたいと思っております。ゆけそうもありませんが、一番好きな都です。日本は別として。

私はおねだりしたいものは実は何にも御座《ござ》いません。いや、あり過ぎるので御座います。が今日は御遠慮しておきます。あなたの御機嫌を伺って見て、御機嫌によって段々お願いしたいと思っておりますが、あなたはきっと頭から御断りになると思いますので。

野島さまはこの頃ちっともお見えになりません。こないだ帝劇の廊下でちょっとお目にかかりましたが、すぐ気がつかないようにお逃げになりました。くわしいことは野島さまからお話があったことと思いますが、私はおどろきました。私は野島さまを二番目に尊敬しております。いい方だと思います。私には勿体《もったい》ない方とも思われないことは御座いません。あなたはきっとそうお思いになると思います。ですが、私は野島さまの妻には死んでもならないつもりでおります。このことをあなたに申しておきます。両親が反対したからではありません。兄は少し勧《すす》めてもくれました。ですが私が、どうしても野島さまのわきには、一時間以上はいたくないのです。なぜだか自分にはわかりません。自分では説明もつきますが、それは要するのに私の神経の話で、かくほどのこととは思いません。

野島さまは私がいなくっても、なお立派になれる方と思います。この頃おかきになるものには凄《すご》いほど、強い感じが出て来たように思います。ですが私はあなたのものの方がどの位好きで御座いましょう。あなたのおかきになるものは一言一句拝見いたします。あなたについてかかれたものもすべて拝見いたしております。私はあなたの一番いい読者になりたいと思っております。

あなたを尊敬している方は沢山《たくさん》御座いましょう。ですが他の方にはわからない所もちゃんと私にはわかっておりますつもりです。

さもないと口惜《くや》しいので、そう思っております。毎日毎日、あなたの御健康と、御幸福を祈っております。どうかお許し下さい。どんな短かい御返事でも下さればとび上ります。

二

御手紙拝見しました。正直にいうと、あなたの手紙を受けとらなかったことを僕は望んでいます。受けとっても御返事を出さない方がいいのかとも思います。ですが野島のことを、も一ぺん考えて戴《いただ》きたいことを申します。

あなたはまだ野島のいい所を本当には御存知《ごぞんじ》ないのです。野島の見かけばかりにまだひっかかっていらっしゃるように見えます。野島の魂《たましい》を見てほしく思います。野島を友だからほめるのではありません。野島は実際、ほめていい僅《わず》かの人間の一人です。そんな男に恋されたことはあなたの名誉です。その名誉にあなたが値《あたい》しないとは申しません。僕はあなたを野島をはなして考えるわけにはゆきません。僕は野島の妻になる人として

あなたを尊敬して来ました。

あなたは野島を二番目に尊敬するといいました。一番目が西洋人なら今の所仕方がありません。しかしその人が日本人だったら、あなたは野島を本当には知らないのです。

正直にいいます。あなたはあの言葉で、僕を尊敬していることをほのめかそうとしたのでしょう。僕は野島より以上の人間ではありません。野島は僕の方が尊敬するのが至当の人間です。あなたは厚意をもって野島をもう一度見て下さい。

野島をどうか愛してやって下さい。愛される価値のある男です。人づきのわるい無愛想で、怒りっぽい。しかし人のいいことは無類です。もう一度見なおして下さい。僕を信ずるならば、野島を愛して下さい。必ずいろいろのいい所を発見されると思います。

僕は嘆願します、野島を愛して下さい。

三

御手紙を拝見いたしましたが、そればかりは出来ません。私も負けずに正直に申します。あなたがこの世にいらっしゃらなかったら、あなたにお目にかからなかったら、私はむしろ早川さんの妻になっていたでしょう。私はその時でも野島さまの妻になるとは思いません。私が野島さまを愛することが出来ないのは罪でしょうか。そんなことがあるわけはないと思います。野島さまが私を愛して下さったことを私は正直に申しますと、ありがた迷惑に思っております。お気の毒な気もします。しかし私のようなものをそう本気で愛して下さるのは不思議な気もします。ともかく私はどんなことがあっても野島さまを尊敬しますが、愛するわけにはゆきません。それはいいことかわるいことか、わかりませんが、私には絶対な事実です。私の力ではどうすることも出来ません。あなたのおたのみでもこのことはきくわけに参りません。

私は何もかも申します。そして私の一生をきめてしまいたく思います。それは恐ろしすぎることです。しかし黙って運命に任せるわけにはゆきません。私は死力を尽して運命と戦います。戦うというよりは運命を開こうと思います。私は静かに門のそとに立って戸の自《おの》ずとあくのを待ちたくも思いました。しかし今はその戸をたたけるだけたたきたいと思います。私の真心が通じなければ仕方がありません。ともかく私は一生の勇気をふるって戸をたたきます。

大宮さま、私を一個の独立した人間、女として見て下さい。野島さまのことは忘れて下さい。私は私です。仮りに野島さまのことを忘れて私のことをお考えになったことを、どうかくわしくかいて下さい。正直に何もかもかいて下さい。そうすれば私はあきらめなければならない時はあきらめます。

私の写真をお目にかけます。私のいいたいことはすっかりおわかりと思います。

四

あなたのいおうとすることはわかり切ってしまいました。僕はそれを恐れていたのです。僕は正直にいいます。僕はあなたが僕に厚意を持ち出したことを感じたので、僕がいてはいけないと思って、日本を去ることにしたのです。僕さえいなくなればあなたは当然、野島を愛して下さると思ったのです。そして結婚さえしてしまえば、僕にあなたが冷淡になるのはわかりきったことです。僕はそれをのぞんでいました。もっとも僕のここに来たく思っていたのは昔からです。そして今は来てよかったと思っていました。野島のこともあなたのことも殆《ほと》んど忘れて、毎日画《え》を見たり、音楽をきいたり、芝居を見たり、本をあさったり、散歩したり、建築を見たり、何かかいたりしています。ここへ来てからいろいろのことを考えます。私たちは恋になんか酔っている暇がないように思います。したいこと、しなければならないことが多すぎます。日本は貧弱すぎます。私たちは出来るだけの力をもって、日本の文明を高め、思想を高め、世界的の仕事をどんどんしてゆくようにしなければ、日本人は世界的存在の価値を失います。今は大へんな時です。私たちがふるい立たなければならない時です。あなたも、野島も。せめてあなたは、野島に親切にしてやって下さい。野島は淋しそうです。本当にうちくだかれて参っています。もっとも野島は今に起き上るでしょう。しかし淋しさは野島につきまとうでしょう。僕は今野島の脚本を一つ訳して西洋人に見せつけてやろうかと思っています。僕はあなたを憎んではしません。しかし野島にそう冷淡なのをきくといやな気がします。早川の妻になったでしょうはよくありません。あなたにはまだ本当の男の価値を見ぬく力はありません。野島を愛することが出来ないといっています。しかしそれは譃です。野島のいい所にふれたら、あなたは厚意をもたないわけにはゆきません。あなたは一ぺん厚意をもてばそれが愛にかわらないとは限りません。あなたは僕を理想化している。僕の処《ところ》に来たと仮定しても、それはあなたにとって幸福ではない。僕はいつか、野島には征服される人間です。こういうのは残念ですが、正直にそう申します。

五

御手紙拝見しました。あなたは譃つきです。本当に譃つきよ。私はちゃんと知っております。何もかも知っております。私はあなたがいないことは考えられません。そしてあなたこそ本当に私を愛していて下さるのです。あなたは私を嫌い、私に冷淡を装《よそお》っていらっしゃる。しかし私のいい性質をそのままに認めていて下さるのはあなたばかりです。野島さま、野島さまのことをかくのはいやですが、野島さまは私というものをそっちのけにして勝手に私を人間ばなれしたものに築きあげて、そして勝手にそれを讃美していらっしゃるのです。ですから万一一緒になったら、私がただの女なのにお驚きになるでしょう。あのお方は意志の強い方です。おかきになるものは、あなたのものより世間を征服なさるでしょう。しかしその時でも、あなたは一方に平気で輝いていらっしゃいます。あなたは何もかも御存知《ごぞんじ》のくせして、無理にも友情をふるい起してその他のものをはらいのけようとなさっていらっしゃいます。野島さまは私があなたの処《ところ》に参ればなお偉くなる方です。そして決して参り切りにはおなりになりません。私は女です。私にはあなたのお役に立つことより他《ほか》に望みはないのです。私はあなたのわきにいて、あなたを通じて世界のために働きたい、人生のために働きたい。私のこの願いをどうか、友情という石で、たたきつぶさないで下さい。野島さまには出来るだけ親切にもいたしますし、尊敬もいたします。ですがそれ以上のことは出来ないことを、罪だと思いません。

六

あなたからの御返事をおまちしておりますが、まだ参りません。私は心配になります。怒っていらっしゃるのですか、憐《あわ》れと思って御返事下さい。私は巴里に行きとう御座《ござ》います。一目あなたにお目にかかりたい。そうすれば死んでもいいと思います。武子さまはこのくれにおたちになります。羨ましく思います。御返事を、御返事をお待ちしております。

七

僕は何と返事していいかわかりません。僕は迷っています。野島に相談したい。だが相談する勇気はない。野島はあまり気の毒です。偉くはなってくれるでしょう。日本の、いや、人類の誇りになってくれるでしょう。だがその時、僕たちはどんな役をするでしょう。しかしそんなことは問題にならない。しかし僕は親友の恋している女を横取りには出来ません。それは友を売ることです。あの尊敬すべき、そして僕を信じ、たよっている友を。あなたはなぜ僕をそんなに愛してくれたのでしょう。僕が野島にたいする遠慮から、僕があなたにこびず、冷淡にしていた態度をあなたが買いかぶったのではないでしょうか。僕は野島のことがなければ野島よりもなおあなたに媚《こ》びたかもしれない。私はこの手紙を出そうか、出すまいか、考えた。出さない方が本当と思う。だが出す。野島よ、許してくれ。

八

あなたの御手紙はどんなに私をよろこばしましたろう。ありがとう、ありがとう。私は今天国におります。あなたがこの世にいらっしゃる。私は本当に感謝いたします。私ほどの仕《し》合《あわ》せ者は世界中にありません。その内長い手紙をかきます。今はうれしくって何にもかけません。

大宮さま、私ほど仕合せ者はないとしみじみ思います。よくあなたのような方がこの世に生きていて下さいました。そしてお目にかかることが出来、そしてお話することが出来、そして私に厚意を持って下さる。私は本当に、仕合せものです。あなたのおかきになるものを拝見した時から、私はあなたを他人とは思っておりませんでした。そしていつか芝居で野島さまと一緒にいらっしゃる所を拝見してから、私はあなたのような方がこの世にいらっしゃることを本当にうれしくたのもしく思いました。私はその時まだ十四で野島さまとも御話したことはありませんでしたが、あなたの男らしい立派な御容《ごよう》子《す》をその後忘れることは出来ませんでした。私はそのことを恥じました。そしてそのことをいつのまにか忘れることを望んでいました。そして忘れていました。その後往来で一度お目にかかるまで。あれは武子さまの処《ところ》へ上《あが》って二人でお友達の処に参る時でした。あなたのおうちの前を偶然通って少し参りますと、あなたは大きな本のつつみを重そうに持って急ぎ足で帰っていらっしゃいました。あっと思った時、あなたは微笑《ほほえ》みながら挨拶《あいさつ》なさったので、私はどの位びっくりいたしましたろう。私も赤い顔してあわてて御挨拶しようと思いました時に、あなたが武子さまに御挨拶なさったのだということがわかりまして、気まりの悪いような、がっかりしたような気がいたしました。妬《ねた》ましいような気さえいたしました。そして武子さまからあなたと従兄妹《いとこ》だとお聞きした時、いい羨《うらや》ましい気がいたしました。あなたは武子さまと何か話していらっしゃいました。いい画《え》の本を買ったのだとよろこんでいらっしゃいました。武子さまはその内、拝見に上ってよとおっしゃいました。私はよほど、武子さまにおねがいして画の本を拝見さして戴《いただ》きたいと申しかけましたがやめました。私はここでもう一つ白状いたします。それは私はあなたのお家《うち》の前を通った時、お家の立派なのにおどろいたことです。しかし私を虚栄心の強い女とは思わないで下さい。野島さまがあなたの位置にい、あなたが野島さまの位置にいらっしても私はあなたを愛しないわけには参りません。私はあなたにだけは何《な》んでも申し上げることが出来るように思います。世の中では女に生れても、本当の女のよろこびを味《あじわ》うことが出来ない人が多いように思います。むしろ本当のよろこびを知った人は甚《はなは》だ少ないと思います。私もあなたに逢い、あなたとお話し、あなたと一緒に遊んだり笑ったりするまではこの世にこんなよろこびがあり、人間がこんなにまでよろこべるものかということを知りませんでした。知らない内はよろしい。しかし一度知った以上は、それを失っては生きてはゆけないような気がします。いつかあなたとトランプをした時、いつかあなたと海岸で二人で散歩した時――あなたが外国にゆくことをおきめになった日――その晩またお邪魔に上った時、私はうれしくってうれしくって、どうしていいかわかりません。神に感謝しないわけには参りませんでした。人間に生れてよかった。女に生れてよかった。あなたに逢えてよかった。勿体《もったい》なすぎるほど自分は運がいいと思いました。なぜか私はあなたの外国行をあの時、本当にはしておりませんでした。私の力でもおとめして見せると思っておりました。あなたが私に冷淡になさろうと努力なさる度《たび》に、かえって私はあなたが私を愛していて下さることを信じることが出来ました。ピンポンの会の時も、私はそれを感じて、負けてもうれしかったのです。あなたの義侠心《ぎきょうしん》と男らしさと、女に媚《こ》びるものに対する怒りと、其処《そこ》にまた私をひそかにいたわって下さった御心づかいとを私はちゃんと感じておりました。私は野島さまのことはまるで無頓着《むとんちゃく》でおりましたから気がつきませんでしたが、あなたの御心だけはちゃんと見ぬいておりました。ところがやはり西洋にいらっしゃる、私は本当にびっくりしました。心配になって来ました。しかし私は東京駅へお見送りをした時にあなたの御心をまた見ぬいたと思いました。しかし私には一つ腑《ふ》に落《お》ちないことが御座《ござ》いました。なぜあなたがそんなにまで、私に冷淡を装い、外国にいらっしったか、それがわかりませんでした。野島さまから求婚して下さってから、やっと合点がゆきました。それで私はかえって安心もいたしました。

今になってあなたが野島さまのことをいろいろおほめになった理由が、すっかりわかります。あなたの外国へいらしったこととの表と裏の理由もわかります。

今でもあなたは野島さまのことを心配していらっしゃる。野島さまへの義理をかかないために、私を捨ててもいいように思っていらっしゃる。私はあなたの義理の固いのを尊敬いたしますが、もっと私のこともお考え下さい。さもないと私が可哀《かわい》そうです。野島さまはきっと私を失っても、もっと適当な方におあいになるにちがいありません。その証拠には私を私のままにはお愛しになれないのでもわかります。第一、私の心に野島さまの愛が少しもひびかないのでわかります。大宮さま、あなたは私をおすてになってはいけません。私はあなたの処に帰るのが本当なのです。大宮さま、あなたは私をとるのが一番自然です。友への義理より、自然への義理の方がいいことは『それから』*の代助もいっているではありませんか。どうぞ、私をすてないで下さい。私はあなたのものです、あなたのものです。私の一生も、名誉も、幸福も、誇りも、皆、あなたのものです、あなたのものです。あなたのものになって初めて私は私になるのです。あなたを失ったら私はもう私ではありません。それはあまりに可哀そうな私です。私はただあなたのわきにいて、御仕事を助け、あなたの子供を生むために(こんな言葉をかくことをお許し下さい)ばかりこの世に生きている女です。そしてそのことを私はどんな女権拡張者の前にも恥じません。「あなたたちは女になれなかった。だから男のように生きていらっしゃい。私は女になれました。ですから私は女になりました」そう申して笑いたく思います。二人で生きられるものは仕合せ者です。ね、そうではありませんか。大宮さま。

九

あなたの手紙を見て僕は次のような対話をかきました。僕の心のある所をお察し下さい。

「A。お前は何を考えている。あの人のことか」

「そうだ。あの人のことだ」

「君は、君の親友のことは考えないのか」

「それを考えなくていいのなら、僕は何を苦しもう。僕は二つの間に立った。僕はどっちかを失わなければならない。僕は友のことを考える。いや友のことは考えすぎた。そして僕はあの人の価値を出来るだけ、ひくく見ようと努力して来た。自分があの人を好きになってはたまらないと思ったので。しかし正直にいえばあの人を好きになったのは友達より先だったかもしれない。しかしその時、自分はただ一目見ただけで、愛らしい女だと思っただけで、僕はそれ以上思わなかった。そしてその女と結婚したいなぞとは夢にも思わなかった。ただ従妹《いとこ》と従妹の家の庭で縄とびしているのを見ただけで、その女の名もその時はきかなかった。しかし友からその女を恋していることを聞かされた時、自分はその女ではないことをのぞんでいた。そしてその女ということが疑えなくなった時、自分は少しがっかりした。しかし自分はそれを意識するのを恥じた。自分はその女のことをまだそうひどくは思っていなかったのだから。そして、その女をその後二、三度見はしたが、ただその時、可愛《かわい》らしい娘だと思うただけにすぎなかった。ところが友が来てその女のことをほめちぎる。自分も何か暗示を与えられたような気がした。しかし自分は友の恋している女だ、自分に要はないと思おうとし、また思っていた。そして出来るだけ冷淡にし、好きにならないように注意した。しかしその後ある夏、その女とKであった時、自分はその注意がややもすると力のなくなることを感じた。自分はこれでは困ると思った。それでその女をさけるようにした。だが逢いたい気はややもするとした。そして或る月のいい夜、友と歩いて、いろいろ未来のことを話している時、自分は美しい声の歌をきいた。その声はへんに自分の心に響いた。自分はその女を一目見たかった。しかしその女はきっと醜《みにく》い女だろうと思っていた。その時友はあれはあの人だといった。自分はその時、一種の嫉妬《しっと》に打たれた。同時に用心しなければと思った。そしてその人は、やはりその人だった。遠慮して、自分たちの足音が聞えると歌うのをやめた。そして人かげに立っていた。だが自分は、目のいい自分は、その女が自分を見ていることを感じた。眼の近い友にはそれはわからなかったろう。自分はちょっと釘づけにされたようにぼんやりした。だが自分はすぐ意識をとり戻した。この女は友の恋人だ、自分は愛することは禁じられている、すきになってはいけない、そう思った。それで一緒に散歩しないかとその兄にすすめられたが、自分は断って一人わかれて帰ることにした。すると友も一緒についてて来た。二人は暫らく黙っていた。しかし友は傲《おご》るように見えた。自分はその時から、ややもすると、ある謀《む》叛心《ほんしん》が出かけた。しかし自分はそれを恐れた。それでかえって友にもっと積極的に出ることをすすめた。その晩はへんに胸がおちつかなかった。早くおちつきたい、あの女に無頓着《むとんちゃく》になりたい、そして友人の妻としてのみ、あの女を見るようにしたいと思った。自分はある所までそれに成功して、道徳的傲りを自分でさえ感じた。そして自分はその友の幸福のために働きたいとさえ思った」

「しかしそのためには働かなかったのか」

「私は知らない。働いたらしくもある。しかしその結果は働いたことにならず、かえって自分をその女に立派に見せることに役立てたらしい。ともかくその女がその友を愛していてくれれば問題はなかった。自分は自分のその女にたいする感情を厚意の程度でとめておけたろう」

「お前にはそれが出来たか」

「出来た。出来ないにしろ、二人がお互に愛してい、女が自分の存在に無頓着ならば、自分はどうすることも出来なかったにちがいない。だが自分はその後間もなくその女が自分に本当に厚意をもっていることを知った。その女は自分を見ると顔色がかわり、ぼんやり自分と二人は顔を見合せることが多くなった。自分は一人女から離れていても、自分たちの目はよく出逢った。自分はそれをこばもうとした。しかしそれは自分の力にないことだった。自分はその女の愛を友の方に向けたく思った。事実向いたら心細かったかもしれない。事実、何処《どこ》かで安心し切っていたのかもしれない、しかしともかく意識的には出来るだけその女をさけ、そして友に対する務《つとめ》を果そうと思った。しかしそれは何にも役にたたなかった。そしてややもするとあぶなくなった。不安を感じた。友からその女を横どりしたい気にもなった。このままでいたら困ると思った。自分は人間を愛することに不安を感じる男だった。人間はいつ死ぬかわからない。人間の心はいつかわるかわからない。自分はその上、尊敬する友と女の奪いあいをするのがあさましく見えた。その女のまわりに多くの男があさましく集ってその女を女王のように大事にして、肉慾をかくした衣をきた狼の仲間入りするのがいやでもあった。自分はまだ女につかまり切っていない、今ならまだ自分は友にその女をゆずることが出来る、しかしこのままでいてはあぶないということをますます感じた。自分は何度その女のもとを去ろうと思ったかしれない。友のためにも、自分のためにも。自分が去れば女は自分のことを忘れるだろう。そして野島のことを思ってくれないとも限らない。自分はまだその女なくも生きてゆける。しかし友にとってはあまりひどい打撃だ。しかも友は自分に前からその恋を打ちあけ、自分にたより、信じて安心し切っている、そしてむしろ感謝している。男が自分を信じるものを裏切ることが出来るか。出来ない。自分は友のために去るのが本当と思った。それはその女が来て自分と一緒にトランプした晩だった。その晩よくねむれないで朝早く起きて海岸にいった。友は既に浜に出て何か考えていた。自分はやはり友の方が本気だということを感じた。そして友が前の晩のことを幸福に感じているのを見た時、自分は自分の友達《ともだち》甲《が》斐《い》のないことを露骨に感じ、友のために本当に働きたい気になった。友はよろこんでいた。そして自分に感謝しているように見えた。しかし友もあることは感じていたように見える。その女が君を尊敬していたといったら、『君の方をなお尊敬しているかもしれない』といった。自分は『勿論』とも思ったが、それをうちけして友を安心させ、なおよろこばした。しかし自分は自分の空々しいのに気がとがめたので、その女のことをほめ、君が恋したのはもっともだといい、自分も君の恋人と思わなければ心を動かされたかもしれないといった。自分はそれからますます意識して迷い出した。自分は友のためにつくす気でいたと思う。しかし二分《にぶ》は、三分かもしれぬ、もしその女が自分を本気に愛していてくれるならば、それは友に世話するのが、本当か、奪うのが、本当か、それがわからなくなった」

「よし、もう君がその女を恋しだしたことも、友につくそうとした心もわかった。それで君はどうしようというのだ。それが聞きたい」

「僕はもう少し強く友のために尽し、友のために女を思い切ろうと努力した。しかし今その点について自慢しようとは思わない。自分は口と行《おこな》いと手紙とでは友のために尽した。しかし心では自分はその女のことにますます無頓着になれなくなった。ここへ来ても自分は女のことをすっかりは忘れることがなかった。そして何かで、友がその女のことをあきらめてくれたらと思ったり、ある時はふと友の死を考えたりした。友が死んでくれたらと思っておどろいたことも皆無とはいえない。独身の男は女のことを空想しないわけにはゆくまい。そして自分はいくら考えてもその女のことをきり考えられなくなってしまった。しかし自分は西洋へ来て一年半ほどたって、やや忘れかけた。勿論、時々は随分淋しくって、その女のことを思わないでよそうと思いつつ、思い出しても見たが、自分は恋したとまでもはっきりいえない気でいるのだから、ただ他の女のことを考えることを禁じられているのでその女のことばかりつい考えるようになったともいえるのだ。ともかく自分はその女のことを少しは忘れることになれて来た、いや、思ってある処でとめることになれて来たというのが本当かとも思う。ところが其処《そこ》に思いがけなくその女から手紙が来た。そして写真まで来た。そして露骨に友達を嫌い、もっと露骨に厚意を持っていてくれるのだ。君よ、それでも僕が心を動かしてはいけないのか。自分はそれでも戦って見た。しかし冷淡な手紙を出したあとではとり返しのつかない気がした。そして女からくる手紙が少しでもおそいと僕はとり返しのつかないことをしたような気さえし、友達をうらみたい気と、あやまりたい気と、両方した。僕はもう友達に払うものは払った。あとは自然に任せるより仕方がないとも思った。勝手にしろ、なるようになれ、どっちにいっても、自分は自分の一生をよりよくする。そうは思っても見たが段々女を失うことのつらさが強くなって来た。殊《こと》に写真がいけない。それがへんに生きて見える。自分は写真を破るか、誰か西洋人にやろうかと思ったが、その勇気はなく、またそれは女にたいしてもすまぬことの気がした。そして仕事をする時、ついその写真を机の上にかざるくせが出来、どうかするとそれに接吻さえして見たくなる。もう万事きまったと自分では思った。これが罪ならば罪でもいいとも思った。しかし自分は友のことを思うと、同情しないわけにはゆかない。自分が女を失うことのつらさを知るにつけて友のつらさがわかる。友からの手紙にはその気持が露骨にかかれている。ここに一つ最近に来た友の手紙がある。その一部をよんで見よう。『僕は淋しい。僕は仕事にかじりついている。無理にも仕事にかじりついている。そして自分の淋しさに打《う》ち克《か》とうと思っている。しかし淋しい。自分は毎日うろつきまわっている。ゆきたい処も、ゆく処もない。郊外の田圃《たんぼ》や、雑木林の中を歩いたり、小川のふちに腰かけてぼんやり水を見たりしている。そしてややもすると泣きたくなる。自分は本当のひとりぼっちだ。君がいてくれたらとよく思う。本当に失恋すべきものではないと思う。子を失う母よりもっとつらいように思う。自然は何のために人間にこんな淋しさを与えるのだろう。人間はなぜまたこの淋しさを耐えなければならないのだろう。自分は鍛えられているのだと思おうと努力する。だがつらすぎる。しかし自分は自棄《やけ》は起したくない。そしてますます人生と仕事にしがみつく。美しき彼女よ、自分を憐《あわ》れめ、微笑の日光をちょっとでもいいからあててくれ。僕の生長力は凍《こご》えそうだ。君よ、僕を慰めてくれ。僕は淋しさに耐え兼ねている。無理に勇気を起そうとしている。君よ、どうか僕に勇気を与えてくれ。君からも手紙が暫《しば》らくこないのでなお皆から捨てられたような気がする』」

「それなのにそのお前がその友達の恋人をつまり奪うことになるのだな」

「そうだ」

「それではお前は何と友達に返事を出した」

「僕は黙って、石膏《せっこう》のベートオフェンのマスクを送ってやった。そして友のかいた短かい脚本を一つ訳して仏蘭西《フランス》の友の関係している雑誌に出してもらうことにしたことと、その友がそれをよんで感心したことを報告してやった。それがせめてもの罪亡《つみほろ》ぼしと思った」

「友はなおお前の友情のあついのに感心するだろう」

「それを思うと、なおすまない気がする。しかしそうするより他《ほか》、仕方がない。友は必ず今度のことで本当に鍛えられるだろう。友は参り切ったり、自棄を起したりする人間ではない。人類、神といいたい所だが、人類は彼を本当に鍛えて偉大なる仕事をさせようと思っているのかもしれない」

「それならお前は女を得て、仕事を失い、友は女を失って仕事を完成するというのか」

「そうはいわない。僕は女を得て、ますます仕事をする力を得る。彼は女を失ってますます真剣になる。両方が、日本及び人類にとって有意味であることを、自分は切《せつ》にのぞんでいる」

「お前も女を失ったらさぞ真剣になるだろうな。その方がお前の仕事にはよさそうだな」

「そういうな。俺はもう女を失うわけにはゆかない。お互に愛している。一人では生きられなくなりつつある。恐ろしい勢いで俺は二人でなければ生きられなくなりつつある。二人で生きるものは仕合《しあわ》せだという言葉は本当だ」

「それは誰がいったのだ」

「あの人がいったのだ」

「あはははは」

「いくら笑っても本当のことは本当のことだ」

「お前は友情のない男だ」

「何とでもいえ。俺は運命の与えてくれたものをとる。恐らく、友は最後の苦《にが》い杯をのむことを運命から強いられて其処《そこ》で彼は本当の彼として生きるだろう。自分は女を得て本当の自分として生きるだろう。それは自分たちが選択してきめることの出来る道ではなく、強いられて自《おの》ずと入る道である。友は得られないものを強く求めたために何か他のものを得、俺は求めることをこばんだが、求めるものを得るくじを選んだ。俺はそれを幸福とばかりは思わない。更に進軍ラッパがなりひびいたのだと思う。彼は孤独の道に神の言葉をきく。俺のわきには天使がいて、俺をなぐさめ、俺に勇気を与えてくれる。それはすべて自分の力で得たのではない。意識して生み出したものではない。天与のものだ。自分はかえって今後の『彼』がこわい。しかし自分も負けてはいないつもりだ。天使よ、俺がために進軍のラッパを吹け。今は人類が、立ちあがらなければならない時だ。自分たち精神的に働くものは真剣にならなければならない時だ。自分たち、フランス人も、イギリス人もドイツ人も、イタリー人も、支那人も、印度人も自分たちの仲間にいる。皆若くって真剣だ。そして一つ目的、人類のためにつくしたがっている。皆は自分を信じてくれる。天使よ、我をますます我たらしめよ。このよき時に、生れたる我を無意味に死なすな。汝《なんじ》の写真は、それらの人々の賞讃を得ている。何処《どこ》にも、馬鹿はいる、巴里《パリ》にも随分いる。だがそのしたに生きている世界各国から集《あつま》ってくる若々しい血を直接に感じる時、自分たちは同じく兄弟だと思う。日本によき人間のいることを彼らは本当に喜んでくれる。彼らの上に祝福あれ」

わが愛する天使よ、巴里へ武子と一緒に来い。お前の赤坊からの写真を全部おくれ。俺は全世界を失ってもお前を失いたくない。だがお前と一緒に全世界を得れば、万歳《ばんざい》、万歳だ。

十

あなたのお手紙は本当に驚喜させました。ありがとう、ありがとう。私はこれから早《さっ》速《そく》武子さんの処《ところ》にゆきます。兄に話しましたら、兄も大よろこびで賛成してくれました。兄はあなたを実に愛しております。しかし兄も気の毒よ。武子さんにちょっと気があったのよ。しかしもうすっかりそのことは忘れておりますが。野島さんだって、今にきっと私と結婚しないでよかったとお思いになってよ。いい方がいくらでもいらっしゃるのですから、結婚でもなさって、お子さんでもお出来になると。だからあんまり野島さんのことはお気になさらない方がよくってよ。あなた以外の方が私を愛して下さるなんか不自然ですわ。何しろ私はもう夢中にうれしいのです。本当に巴里へゆきますよ。どうしても。親には兄から話してもらうことにしました。母はきっとよろこびますよ。武子さんと御一緒ならこんなにうれしいことはありませんわ。ですけど武子さんに、私はまだ何にも話して御座《ござ》いませんのよ。ですから少しきまりがわるいのです。ですけど、私はもう度胸がきまりましたわ。世界中の人が笑ったって、そんな呑気者もいないでしょうが、私はもう平気ですわ。私の写真全部お送りしますわ、可笑《おか》しいのも。笑って頂戴《ちょうだい》。しかし皆さんにはいいのだけ見せて頂戴。私をそんなに賞《ほ》めて下さるのはあなたばかりよ。あんまり本物を見てもがっかりなされない程度で話して頂戴よ。お目にかかれたら私うれしくって泣き出してよ。もうあなたとは少しもはなれなくっていいのね。何処《どこ》へでもついてゆきますわ。私はなんでもいうことをききますから本当に可愛がって頂戴。私はどんな洋服をきたらいいのでしょう。武子さんに御相談しますわ。これから武子さんの処へゆきますわ。帰ってまた先をかきますわ。兄が今やって来まして、母に話したら、母もよろこんで承知してくれたそうよ。私どうしてこう仕合せなのでしょう。思い切って手紙をかいてよかったわ。なんでも正直にぶつかるだけはぶつかってみるものね。用心に用心して見て、私は二年間考えましたわ。随分考えましたわ。それでもうまちがいないと思いましたの。偉いでしょ。これからゆきますわ。

今行って帰って来ました。武子さんはもう知っていらっして、私のくるのを心待ちしていらっしたのよ。同時に出して下さった御手紙が武子さんのお家《うち》は市内なので、少し前についたのよ。武子さんはびっくりしたけど、うれしかったといって下さってよ。本当に武子さんはいい方ね。私ないてしまいましたわ。二人であなたのことをほめて、ほめちぎって話しましたわ。御一緒にルーブルにいってモナ・リザの前に立って、あの笑い顔の真似《まね》しっこすることも御約束しましたの。

芝居や、音楽会にも一緒につれていって頂戴ね。オペラも。あなたと御一緒に何の遠慮もなく歩けると思うと、私は本当に、本当に、本当にうれしいのよ。なんでも御一緒に見たり聞いたり、話したり出来ますのね。もっとも私は仏蘭西語《フランス》はちっともわかりませんわ、英語だって何にもわかりませんわ。ですが、あなたが外国の方と外国語で話して、愉快そうにしていらっしゃるのを見ると、私もわかった気になって一緒にトンチンカンな所で笑いますわ。私は本当に考えただけで笑いますわ。

本当に本当にあなたのような方が、この世にいらっして下さったことはよかったわ。私神様に出来るだけ御礼申しますわ。私も出来るだけ立派な人間になって皆さんの前に立っても恥かしくない人間になりますわ。本当に何処の国の方でもいい方はよろしいわね。あなたをほめる方は皆いい方よ、私はあんまりうれしいので何をかいたかわかりませんわ。いや味な所があっても許して頂戴、もう二カ月たつと日本をたつのよ。あなたのいらっしゃる処なら、何処だってちかいわ。ありがとうありがとう。

十一

わが友よ。

自分は二人の手紙をここに公《おおやけ》にする。そして君の面前にそれをさしつける。事実をそのまさしつける。自分は君の神経をいたわってこの二人の手紙をかきなおして、君に見てもらおうかと思った。しかしそれはかえって君を侮辱することになることを知った。自分は君を尊敬している。君は打ちくだかれれば打ちくだかれるほど、偉大なる人間として、起き上ってくれることを僕は信じている。そして露骨に事実を示せば、君はかえって怒ることによって悲しみに打《う》ち克《か》ってくれると思う。僕はまた君につまらぬ同情をしようとは思わない。また自分の君にたいする冷酷な態度を甘く見せようとも思わない。自分はただ事実をいう。

それに就て自分は何もいいわけしない。いやいいわけしたいことは既にかいた。ここでは何にもいわない。ただ自分はすまぬ気と、あるものに対する一種の恐怖を感じるだけだ。自分はあるものにあやまりたい。そして許しをこいたい。一方自分は自分を正当だと思い、やむを得ないと思う。そして自分のとった態度を必然のような気もする、だが何かにあやまりたい。自分は君に許しを請《こ》おうとは思わない。それはあまりに虫がいい。君はとるようにとってくれればいい。君は君らしくこの事実をとってくれるだろう。自分の方は勿論君を尊敬し君にたいして友情を失いはしない。しかしそれはかえって君を侮辱することになることを恐れる。

事実は以上のようである。かくて僕は杉子さんと結婚することになるだろう。この事実にたいして君が自分たちを如何《いか》ように裁いてくれても自分たちは勿論甘受する。自分はいいたいことが随分あるようだ。しかし僕から慰められたり、鼓舞されたり、尊敬されたりするのは不快に思うであろう。もっとも僕たちはもう十分に不快を与えすぎたであろう。今になって遠慮するのもおかしなものだ。だから正直にいおう。自分は明日からマルセーユにつく杉子の一行を迎えにゆくわけだ。二人は遠くから、許してくれるならば君の幸福を祈る。そして君が、日本、否《いな》世界の傲《おご》りになるような人間になってくれることを信じまた祈る。

十二

野島はこの小説を読んで、泣いた、感謝した、怒った、わめいた、そしてやっとよみあげた。立ち上って室のなかを歩きまわった。そして自分の机の上の鴨居《かもい》にかけてある大宮から送ってくれたベートオフェンのマスクに気がつくと彼はいきなりそれをつかんで力まかせに引っぱって、釣ってある糸を切ってしまった。そしてそれを庭石の上にたたきつけた、石膏《せっこう》のマスクは粉微塵《こなみじん》にとびちった。彼はいきなり机に向って、大宮に手紙をかいた。

「君よ。君の小説は君の予期通り僕に最後の打撃を与えた。殊《こと》に杉子さんの最後の手紙は立派に自分の額に傷を与えてくれた。これは僕にとってよかった。僕はもう処女ではない。獅子《しし》だ。傷ついた、孤独な獅子だ。そして吠《ほ》える。君よ、仕事の上で決闘しよう。君の惨酷な荒療治は僕の決心をかためてくれた。今後も僕は時々淋しいかもしれない。しかし死んでも君たちには同情してもらいたくない。僕は一人で耐える。そしてその淋しさから何かを生む。見よ、僕も男だ。参り切りにはならない。君からもらったべートオフェンのマスクは石にたたきつけた。いつか山の上で君たちと握手する時があるかもしれない。しかしそれまでは君よ、二人は別々の道を歩こう。君よ、僕のことは心配しないでくれ、傷ついても僕は僕だ。いつかは更に力強く起き上るだろう。これが神から与えられた杯ならばともかく自分はそれをのみほさなければならない」

野島はそれをかき上げると彼は初めて泣いた。泣いた、そして左の文句を泣きながら日記にかいた。

「自分は淋しさをやっとたえて来た。今後なお耐えなければならないのか、全く一人で。神よ助け給《たま》え」

あと書き

「友情」は新聞にたのまれてかいたものだ。いつの作か忘れた。調べればわかると思うが、調べる必要を自分は認めない。これは全部想像でかいた。出てくる人物のモデルはあるようでなく、ないようである。何人かの人が集まって一人の人ができている。もっとも誇張はある。

失恋の苦をこの作者はよく知っている。しかし、自分の恋人を友人にとられた経験はない。またとった経験もない。

しかし小説をかく時は、自分がその境遇にいるような気がすることは、読者が小説をよんで身につまされる以上であろう。久しぶりにこの小説を読んで自分は泣かされた。

自分の小説を、同じ本の内で自分で説明するのは読者の純粋な気持ちを害しはしないかを恐れる。

鎌倉《かまくら》のことピンポンのことは想像である。無から有を生じたと言うべきだ。しかし鎌倉には四つの時から九つまで毎年夏出かけて行った。思い出のある所だ。杉子に会いにゆくところは「おめでたき人」の女主人公を連想した。その他部分的に二、三事実によった個処もあるが、あとは想像である。

「友情」の作の価値は読者の判断に任せる。世評にあまりのぼらなかったものと思っているが、そして始めの方の文章は少しせかせかしているようだが、途中から調子が高くなり、文章もそれに伴って来ていると自分では思っている。岩波本になった理由だけでこの小説が僕のものではいちばん読まれることになったようだ。

しかし愛読者が予期以上に多いのに驚き、またうれしく思っている。

昭和十三年十一月一日

武者小路実篤

注

七頁

七　**帝劇**　帝国劇場。一九一一(明治四四)年、渋沢栄一を創立委員長として東京麴町区有楽町一―一(現在の千代田区丸の内三丁目)に建てられた、日本最初の外観・内部とも本格的なヨーロッパ風の劇場。なお、本文一二六ページに杉子が三越で武子に出会ったというくだりがあるが、こちらも一九一四(大正三)年に「スエズ以東第一の建築」といわれた新館が完成し、日本初の本格的な百貨店となっていた。この「友情」の書かれた時代＝大正期につくられた三越の有名なキャッチフレーズがある――「今日は帝劇、明日は三越」。

三　**ロシヤの過激派について話していた**　武者小路実篤が「友情」を『大阪毎日新聞』に連載した一九一九(大正八)年の二年前、一九一七年の二月革命でロシアのロマノフ王朝が倒壊し、十月革命でレーニン(Vladimir Iliich Lenin, 1870-1924)、トロツキー(Lev Trotskii, 1879-1940)らの指導するボリシェビキにより、世界最初の社会主義政権が生まれた。また、翌一九一八年、日本では、米価の暴騰のため生活難に苦しんだ人々が米の廉売を要求して米屋、富豪、警察などを襲撃した「米騒動」が起こっている。

一七　**色即是空**　形のあるもの(物質的現象)には実体がない、という意味。玄奘訳『般若心経』の中の言葉から。

〃　**作物《さくぶつ》**　芸術上の作品をいう。

一六　**内村さん**　無教会主義のキリスト者内村鑑三(一八六一-一九三〇)。実篤の親友志賀直哉は学生時代、内村の聖書講義に通っていた。「以賽亜」は、旧約聖書中の一書『イザヤ書』。

二一　**イブセンや、ストリンドベルヒ、トルストイ**　いずれも武者小路実篤が大きな影響を受けた一九世紀に活躍した文学者。イブセン(Henrik Ibsen, 1828-1906)はノルウェーの劇作家。作品に戯曲『人形の家』など。ストリンドベリ(August Strindberg, 1849-1912)はスウェーデンの劇作家・小説家。作品に戯曲『令嬢ジュリー』など。トルストイ(Lev N.Tolstoi, 1828-1910)はロシアの小説家・思想家。作品に『戦争と平和』『アンナ・カレーニナ』など。

六三　**ラスキン**　イギリスの芸術批評家・社会思想家ラスキン(John Ruskin, 1819-1900)。著書に『建築の七灯』など。

七五　**唐人の寝ごと**　何を言っているのか訳がわからない、という意味の慣用的表現。

九一　**一高**　当時、東京本郷にあった旧制の第一高等学校。のち一九四九年に、東京帝国大学、東京高等学校とあわせ、東京大学となる。

一〇一　**泰西**　「西の果て」の意味で、西洋、西洋諸国をさす。

一〇三　**レオナルドや**……　レオナルド・ダ・ヴィンチ(Leonardo da Vinci, 1452-1519)とミケランジェロ(Michelangelo, 1475-1564)は、イタリア・ルネッサンス期の画家・建築家・彫刻家。

レンブラント(Rembrandt Harmenszoon van Rijn, 1606-69)は、ルーベンス、ベラスケスと並ぶ一七世紀オランダの代表的画家。また、「ベートオフェン」はドイツの作曲家ベートーヴェン(Ludwig van Beethoven, 1770-1827)。当時現存のメーテルリンク(Maurice Maeterlinck, 1862-1949)は、ベルギーのフランス語圏の詩人・劇作家。作品に戯曲『ペレアスとメリザンド』『青い鳥』など。同じく現存のロラン(Romain Rolland, 1866-1944)はフランスの作家・評論家。作品に長篇小説『ジャン・クリストフ』『魅せられたる魂』など。

一〇三　**ヂョットーや……**　ジョットー(Giotto di Bondone, 1266?-1337)は、ヨーロッパ近代絵画の創始者といわれるイタリア中世末期の画家・建築家。デューラー(Albrecht Dürer, 1471-1528)は、ドイツ・ルネッサンスを代表する画家。また、ドラクロア(Eugène Delacroix, 1798-1863)、ミレー(Jean François Millet, 1814-75)、シャバンヌ(Pierre Cécile Puvis de Chavannes, 1824-98)、セザンヌ(Paul Cézanne, 1839-1906)は、いずれもフランスの画家。

一〇六　**ルーブル**　ルーブル美術館。パリのセーヌ川右岸にある旧ルーブル宮殿内の、ミロのヴィーナス、レオナルドの「モナリザ」など大蒐集品を収蔵する国立美術館。

一一三　**夜半《よわ》に嵐の吹かぬものかは**　明日ありと思う心のあだ桜夜半にあらしの吹かぬものかは——浄土真宗の開祖親鸞が九歳の時につくったとされる和歌(『親鸞上人絵伝』)。

一一八　**俥《くるま》**　人力車。タクシーが一般的になってきたのは、大正末頃から。

一二四　**丸善**　東京日本橋の書店。一八六九(明治二)年に横浜で設立された丸屋商社が前身で、和洋書籍、薬品、西洋雑貨を扱った。一九一〇年に東京日本橋区通二丁目(現在の中央区日本橋二丁目)に洋風の新社屋が完成、その二階が洋書売り場。

子供の時分から「丸善」という名前は一種特別な余韻をもって自分の耳に響いたものである。田舎の小都会の小さな書店には気のきいた洋書などはもとよりなかった。(中略)東京へ出るようになってからは時々この丸善の二階に上がって棚の書物をすみからすみへと見て行くのが楽しみのひとつであった。(寺田寅彦「丸善と三越」大正九年六月『中央公論』、岩波文庫『寺田寅彦随筆集』(二)一一九ページ)

一三五 **ピエター** Pietà(イタリア語) 聖母マリアがキリストの死体を膝に抱いて嘆いている姿を表している絵画または彫刻。ミケランジェロの彫刻が有名。

一四〇 **『それから』の代助** 夏目漱石の小説『それから』の主人公長井代助。代助は三千代を愛していたが友人に譲り、自ら二人を結び合わせたが、それは「自然」に悖《もと》る行為だった。それから三年、ついに代助は三千代との愛を貫こうと決意する。

解説

「友情」は大正八年(一九一九)十月十六日から十二月十日まで『大阪毎日新聞』に連載されたもので、作者の三十四歳のときの作品である。

明治四十四年(一九一一)二月に、中篇小説「お目出たき人」によって文壇にデビューした作者は、このときまでに、「世間知らず」「彼が三十の時」などの小説、「わしも知らない」「二十八歳の耶蘇」「その妹」「或る日の一休」「日本武尊」「或る青年の夢」などの戯曲によって、すでに文壇に確固たる地位を占めていた。

大正八年はまた作者が前年十一月に宮崎県児湯郡木城村石河内に購入した土地に、「新しき村」の建設に取りかかった年であった。周知の如く、「新しき村」とは、各自の生命が限りなく生かされ尊重されると同時に、調和ある美と愛の秩序が形成されるような世界、各自がただ働くだけではなく、働きながら真理を求め美を創造しなければならない国、そのような理想国のモデルを作ろうとする運動であった。そして作者は前年の末からこの村に住み、ここで創作の仕事をつづけたのである。大正八年四月には『白樺』は創刊十周年記念号を出しているが、この年の一月号から六月号まで作者はその代表作の一つである「幸福者」を連載、また雑誌『新しき村』八月号から「耶蘇」の連載を始めている。「友情」はこのように、作者の青年期から壮年期へ入る頃の気力の最も充実していた時代に書かれた作品であることをまず知っておかなくてはならない。

スタンダールはその『恋愛論』のなかで恋愛の結晶作用ということを書いている。それは恋する人が相手を極端に理想化することを意味するのであるが、「友情」の主人公もこの結晶作用を絶えず行っている純情で、生一本な青年である。彼はこの恋愛に全人格を賭《か》けている。恋人の一顰一笑《いっぴんいっしょう》が彼の胸のなかに大きな波紋をかき立てる。しかし彼は杉子が本当に自分を愛していてくれているかどうかについてはまるで自信を持っていない。彼の恋愛はどこまでも一方的であり、また自己中心的である。

「彼は自分にたよるものを要求していた。自分を信じ、自分を讃美するものを要求していた。そして今や、杉子自身にその役をしてもらいたくなった。杉子は彼のすることを絶対に信じてくれなければならなかった。世界で野島ほど偉いものはないと杉子に思ってもらいたかった。彼の仕事を理解し、讃美し、彼のうちにある傲慢《ごうまん》な血をそのままぶちあけてもたじろがず、かえって一緒《いっしょ》によろこべる人間でなければならなかった。」

そして彼は杉子から、「妾《わたし》はあなたを信じています。あなたは勝利を得る方です。あなたの誠実と、本気さは、あなたを何処《どこ》までも生長させます。淋しい時は妾がついています。しっかり自分の信ずる道をお歩きなさい。あなたの道は遠く、あなたは馬鹿な人からは軽蔑されます。だがあなたはあなたでなければ出来ない使命をもっていらっしゃいます」と言ってもらいたかった。

しかしこれはいかにも独《ひと》りよがりの考え方であり、一方的な願望である。野島が心のなかで自分の最も願わしい女性に杉子を理想化するのは自由であるが、杉子にはその願望に答えなければならぬ理由はない。野島の恋は純粋でひた向きではあるが、杉子の心に「少しもひびかない」のは、杉子の責任でもなければ、彼女の精神の低さを意味するものでもない。作者が本書の初版の序文に書いたように、「本当に恋しあうものは結婚すべきであると思う。しかし恋にもいろいろある。一概には言えない」のである。

だが大宮の立場は杉子とは全く別である。彼は親友の野島の才能を尊敬し、その美しい魂を愛し、その豊かな将来に大きな希望を抱いている。それだけに野島の恋愛を少しも傲慢《ごうまん》とは思わず、相手の杉子が美しく聡明な女性であるだけに、ますます野島の恋愛を祝福し、その成功のために、あらゆる努力を尽したいと思う。大宮が野島に向って「ほんとうの恋を知らすのも、われらの仕事の一つだね」と言うところがあるが、彼は親友の恋を成就《じようじゆ》させることによって、世の不純な恋愛や物質的な結婚に挑戦しようとするのである。

けれども大宮が野島の才能と人柄の立派さを杉子に教えようとして努力するさまざまの試みが、いつも裏目に出て、かえって彼自身の男性的な魅力を杉子に強く印象づける結果になるのは、作者の言葉を借れば、「自然の意志」というほかにない運命的なことであった。

大宮は野島の「あの人は早川を愛しているだろうか」という問いに答えて、「まだ愛してはいないだろう。あの人はまだ誰も愛しようとはしていないよ。しかし今が正直にいうと恐ろしい時と思うね。今が一番大事な、危険な時だと思うね。……誰か一人を愛し、たよりたがっている。しかし処女の本能でそれを今用心深く吟味している」といって、野島にもっと積極的に行動することをすすめるところがあるが、この問答を見ても、大宮のほうが野島よりも、はるかに女性の心理に通じていることがよく分る。そして、この大宮の言葉によって、杉子の心が彼自身のほうに傾きかけていることを、大宮が早くも感じていることを読者は推察することができよう。

このあたりから、野島の暗中模索的な焦慮《しょうりょ》にもかかわらず、杉子が大宮の魅力にぐんぐん惹《ひ》きつけられてゆく過程が実に鮮かに描かれている。「彼にとっての大敵は実に親友の大宮だと言うことを」野島が感づいたときはすでに遅すぎたのであった。

しかし大宮の野島に対する態度はどこまでも立派で、その友情は実に深く、美しい。そして大宮の人間としての立派さは下篇において一層はっきりする。この小説は下篇によって一段と見事な作品になっているように思われる。親友が生命を賭けて恋していた女性と結婚することによって、しかも決して親友を裏切ることにならないという困難な人間関係が、これほど気持よく、また正確に描かれた小説は稀有《けう》であろう。

読者はまず杉子の聡明さと、そのひたむきな情熱に驚き、感動させられる。「私はどんなことがあっても野島さまを尊敬しますが、愛するわけにはゆきません。それはいいことかわるいことか、わかりませんが、私には絶対な事実です。私の力ではどうすることも出来ません」といい、「あなたこそ本当に私を愛していて下さるのです。あなたは私を嫌い、私に冷淡を装《よそお》っていらっしゃる。しかし私のいい性質をそのままに認めていて下さるのはあなたばかりです。……野島さまは私というものをそっちのけにして勝手に私を人間ばなれしたものに築きあげて、そして勝手にそれを讃美していらっしゃるのです」といい、また「大宮さま、あなたは私をおすてになってはいけません。私はあなたの処に帰るのが本当なのです。大宮さま、あなたは私をとるのが一番自然です。友への義理より、自然への義理の方がいいことは『それから』の代助もいっているではありませんか」という彼女の言葉は確信に充ち、相手を説得してやまない。

大宮の自問自答の手紙も実に率直で誠実で美しい。とくに、

「それならお前は女を得て、仕事を失い、友は女を失って仕事を完成するというのか」

「そうはいわない。僕は女を得て、ますます仕事をする力を得る。彼は女を失ってますます真剣になる。両方が、日本及び人類にとって有意味であることを、自分は切《せつ》にのぞんでいる」

という問答は、実に武者小路的であって、「友情」という標題のエッセンスがこの言葉のなかに凝集《ぎようしゆう》されているように思われる。

杉子もその手紙のなかで「野島さまは私があなたの処《ところ》に参ればなお偉くなる方です。そして決して参り切りにはおなりになりません」と書いているが、これは同時に大宮の確信であり、読者もまた強くそのことを信じさせられる。そのために「君よ、僕のこと

は心配しないでくれ、傷ついても僕は僕だ。いつかは更に力強く起き上るだろう。これが神から与えられた杯ならばともかく自分はそれをのみほさなければならない」という野島の大宮に書いた最後の言葉に、失恋者の言葉ながら、かえって強く鼓舞されることを感じるのである。まことに作者のいう如く、「失恋するものも万歳、結婚する者も万歳」なのである。

作者は大正九年以文社刊行のこの小説が大正十年に重版したとき、「この小説は実は新しき村の若い人たちが今後、結婚したり失恋したりすると思うので両方を祝したく、また力を与えたく思ってかき出したのだが、かいたら、こんなものになった。三人を仲よくさせたかったのだが流れるままに流れさしたら、こんな終りになったのである。この主人公たちはまだ新しき村の人間になり切っていないのだからやむを得ない。新しき村でこういうことが起ったらどうなるかはまだ自分は知らない。しかしどっちにころんでも自己の力だけのものを獲得して起き上るものは起き上ると思う」と書いた。

この小説はこの作者の数多い作品のなかでも、とくに若い読者に愛読され、「青春の書」として広く親しまれ、すでに古典の領域に入っている作品である。それはこの純潔な恋愛小説のなかには、青春時代のあらゆる魂の問題が、恋愛と友情という二つの切り離すことのできないテーマを巡って取り扱われているからである。そしてこの作品のなかに充《み》ち溢《あふ》れた豊かな生命力が、傷つき易《やす》い青年の魂を常に暖く力づけてくれるからである。またこの小説には、真実を求めてやまない青春時代のひたむきな情熱が、最も純粋な形で描かれている。青年がその高い志と、美しい理想を失わない限り、この小説は永久に読みつづけられるにちがいない。

河盛好蔵

武者小路実篤略年譜

一八八五(明治一八)年
五月一二日、東京府麹町区元園町一ノ三十八(現在の千代田区一番町)に子爵武者小路実世《さねよ》、秋子《なるこ》の八人兄弟の末子として生まれる。
一八九一(明治二四)年　六歳
学習院初等科に入学。
一八九七(明治三〇)年　一二歳
学習院中等科に入学。
高等科時代、志賀直哉、正親町公和《おおぎまちきんかず》と親しくなる。
一九〇六(明治三九)年　二一歳
学習院卒業。東京帝国大学文科社会科入学(志賀と正親町は英文科に入学)。
一九〇八(明治四一)年　二三歳
四月、処女出版『荒野』自費出版。

一九一〇(明治四三)年　二五歳

四月、志賀直哉、木下利玄、正親町公和、里見弴《さとみとん》、柳宗悦《やなぎむねよし》、有島武郎らと雑誌『白樺』を創刊(一九二三年廃刊)。

一九一一(明治四四)年　二六歳

二月、『お目出たき人』刊行(洛陽堂)。

一九一二(明治四五・大正元)年　二七歳

一月、『世間知らず』刊行(洛陽堂)。房子と結婚。

一九一三(大正二)年　二八歳

四月、戯曲「或る日の一休」を『白樺』に発表。

一九一四(大正三)年　二九歳

春、兄の家を出て、麴町区下二番町に家を持つ。

一九一五(大正四)年　三〇歳

一月、鵠沼に転居。三月、戯曲「その妹」を『白樺』に発表。六月、文芸座「わしも知らない」を上演(初演)。九月、千駄ケ谷に移転。

一九一六(大正五)年　三一歳

夏、小石川小日向台町、暮に千葉県我孫子町に移転。

一九一八(大正七)年　三三歳

一一月、宮崎県児湯郡木城村石河内字城《じょう》に「新しき村」建設着手。

一九一九(大正八)年　三四歳

一月、「自分の師」(のち「幸福者」と改題。同年、叢文閣より刊行)を『白樺』に、八月、「耶蘇」を『新しき村』に、一〇月、「友情」を『大阪毎日新聞』にそれぞれ連載。

一九二〇(大正九)年　三五歳

四月、『友情』を刊行(以文社)。近くの川南村に第二の新しき村建設。

一九二二(大正一一)年　三七歳

九月、「人間万歳」を『中央公論』に発表(翌年、曠野社より刊行)。この年、房子と離婚。安子と結婚。

一九二五(大正一四)年　四〇歳

一二月、村を離れ、奈良市水門町に移転。

一九二六(大正一五・昭和元)年　四一歳

四月、戯曲「愛慾」を『改造』に発表(同年、改造社より刊行)。一二月、和歌山に転居。

一九二七(昭和二)年　四二歳

四月、雑誌『大調和』創刊編集。

一九三六(昭和一一)年　五一歳
四月、渡欧。一二月、帰国。
一九三七(昭和一二)年　五二歳
芸術院会員となる。
一九三九(昭和一四)年　五四歳
九月、埼玉県毛呂山町に東の新しき村の建設地決定。
一九四二(昭和一七)年　五七歳
五月、文学報国会劇文学部長に就任。
一九四六(昭和二一)年　六一歳
三月、勅撰議員に任命される。七月、公職追放令G項の該当者に指名される。
一九四八(昭和二三)年　六三歳
三月、「新しき村」財団法人となる。七月、雑誌『心』創刊。
一九四九(昭和二四)年　六四歳
一月、「真理先生」を『心』に連載(翌年一二月まで。一九五一年、調和社より刊行)。
一九五一(昭和二六)年　六六歳
八月、追放解除。一一月、文化勲章受章。

一九五四(昭和二九)年　六九歳
一一月、新潮社より『武者小路実篤全集』全二五巻の刊行開始(一九五七年完結)。
一九五五(昭和三〇)年　七〇歳
一二月、調布市仙川に転居。
一九五九(昭和三四)年　七四歳
九月、「馬鹿一の死」を『新潮』に連載開始。
一九六七(昭和四二)年　八二歳
一月、自伝「一人の男」を『新潮』に連載開始。
一九七四(昭和四九)年　八九歳
八月、最後の新刊『私の美術遍歴』刊行。
一九七六(昭和五一)年
四月九日、没。

〔編集付記〕

一、本書は岩波文庫版『友情』初版(一九三二年七月刊)を底本とし、一九六六年一〇月改版の際に付された解説を再録した。

一、左記の要項に従って表記がえをおこなった。

岩波文庫(緑帯)の表記について

近代日本文学の鑑賞が若い読者にとって少しでも容易となるよう、旧字・旧仮名で書かれた作品の表記の現代化をはかった。そのさい、原文の趣をできるだけ損なうことがないように配慮しながら、次の方針にのっとって表記がえをおこなった。

(一) 旧仮名づかいを現代仮名づかいに改める。ただし、原文が文語文であるときは旧仮名づかいのままとする。

(二) 「常用漢字表」に掲げられている漢字は新字体に改める。

(三) 漢字語のうち代名詞・副詞・接続詞など、使用頻度の高いものを一定の枠内で平仮名に改める。

(四) 平仮名を漢字に、あるいは漢字を別の漢字にかえることは、原則としておこなわない。

(五) 振り仮名を次のように使用する。

(イ) 読みにくい語、読み誤りやすい語には現代仮名づかいで振り仮名を付す。

(ロ) 送り仮名は原文どおりとし、その過不足は振り仮名によって処理する。

例、明に→明《あきらか》に

(岩波文庫編集部)

友《ゆう》　情《じょう》

1932年7月5日　第1刷発行
2003年3月14日　改版第1刷発行
2015年7月15日　第12刷発行

作　者　武者小路実篤《むしやのこうじさねあつ》

発行者　岡本　厚

発行所　株式会社 岩波書店
〒101-8002 東京都千代田区一ツ橋2-5-5

案内 03-5210-4000　販売部 03-5210-4111
文庫編集部 03-5210-4051
http://www.iwanami.co.jp/

印刷 製本・法令印刷　カバー・精興社

ISBN 4-00-310504-4　　Printed in Japan

読書子に寄す

――岩波文庫発刊に際して――

岩波茂雄

真理は万人によって求められることを自ら欲し、芸術は万人によって愛されることを自ら望む。かつては民を愚昧ならしめるために学芸が最も狭き堂宇に閉鎖されたことがあった。今や知識と美とを特権階級の独占より奪い返すことはつねに進取的なる民衆の切実なる要求である。岩波文庫はこの要求に応じそれに励まされて生まれた。それは生命ある不朽の書を少数者の書斎と研究室とより解放して街頭にくまなく立たしめ民衆に伍せしめるであろう。近時大量生産予約出版の流行を見る。その広告宣伝の狂態はしばらくおくも、後代にのこすと誇称する全集がその編集に万全の用意をなしたるか。千古の典籍の翻訳企図に敬虔の態度を欠かざりしか。さらに分売を許さず読者を繋縛して数十冊を強うるがごとき、はたしてその揚言する学芸解放のゆえんなりや。吾人は天下の名士の声に和してこれを推挙するに躊躇するものである。このときにあたって、岩波書店は自己の責務のいよいよ重大なるを思い、従来の方針の徹底を期するため、すでに十数年以前より志して来た計画を慎重審議この際断然実行することにした。吾人は範をかのレクラム文庫にとり、古今東西にわたって文芸・哲学・社会科学・自然科学等種類のいかんを問わず、いやしくも万人の必読すべき真に古典的価値ある書をきわめて簡易なる形式において逐次刊行し、あらゆる人間に須要なる生活向上の資料、生活批判の原理を提供せんと欲する。この文庫は予約出版の方法を排したるがゆえに、読者は自己の欲する時に自己の欲する書物を各個に自由に選択することができる。携帯に便にして価格の低きを最主とするがゆえに、外観を顧みざるも内容に至っては厳選最も力を尽くし、従来の岩波出版物の特色をますます発揮せしめようとする。この計画たるや世間の一時の投機的なるものと異なり、永遠の事業として吾人は微力を傾倒し、あらゆる犠牲を忍んで今後永久に継続発展せしめ、もって文庫の使命を遺憾なく果たさしめることを期する。芸術を愛し知識を求むる士の自ら進んでこの挙に参加し、希望と忠言とを寄せられることは吾人の熱望するところである。その性質上経済的には最も困難多きこの事業にあえて当たらんとする吾人の志を諒として、その達成のため世の読書子とのうるわしき共同を期待する。

昭和二年七月

《日本文学（現代）》〔緑〕

怪談 牡丹燈籠　三遊亭円朝
真景累ヶ淵　三遊亭円朝
小説神髄　坪内逍遥
当世書生気質　坪内逍遥
桐一葉・沓手鳥孤城落月　坪内逍遥
雁　森鷗外
阿部一族 他二篇　森鷗外
山椒大夫・高瀬舟 他四篇　森鷗外
渋江抽斎　森鷗外
舞姫・うたかたの記 他三篇　森鷗外
みれん　シュニッツラー 森鷗外訳
浮雲　二葉亭四迷 十川信介校注
あひゞき・片恋・奇遇 他一篇　二葉亭四迷訳
其面影　二葉亭四迷
河内屋・黒蜴蜓 他一篇　広津柳浪
野菊の墓 他四篇　伊藤左千夫

漱石文芸論集　磯田光一編
吾輩は猫である　夏目漱石
坊っちゃん　夏目漱石
草枕　夏目漱石
虞美人草　夏目漱石
三四郎　夏目漱石
それから　夏目漱石
門　夏目漱石
彼岸過迄　夏目漱石
行人　夏目漱石
こころ　夏目漱石
硝子戸の中　夏目漱石
道草　夏目漱石
明暗　夏目漱石
思い出す事など 他七篇　夏目漱石
夢十夜 他二篇　夏目漱石
漱石文明論集　三好行雄編

倫敦塔・幻影の盾 他五篇　夏目漱石
漱石日記　平岡敏夫編
漱石書簡集　三好行雄編
漱石俳句集　坪内稔典編
漱石・子規往復書簡集　和田茂樹編
文学論 全二冊　夏目漱石
坑夫　夏目漱石
五重塔　幸田露伴
努力論　幸田露伴
幻談・観画談 他三篇　幸田露伴
辻浄瑠璃・寝耳鉄砲 他一篇　幸田露伴
露伴随筆集 全二冊　寺田透編
子規句集　高浜虚子選
病牀六尺　正岡子規
子規歌集　土屋文明編
墨汁一滴　正岡子規
仰臥漫録　正岡子規

歌よみに与ふる書	正岡子規
花枕 他二篇	正岡子規
金色夜叉 全二冊	尾崎紅葉
三人妻	尾崎紅葉
多情多恨	尾崎紅葉
不如帰	徳冨蘆花
自然と人生	徳冨蘆花
北村透谷選集	勝本清一郎校訂
武蔵野	国木田独歩
号外・少年の悲哀 他六篇	国木田独歩
愛弟通信	国木田独歩
晩翠詩抄	土井晩翠
蒲団・一兵卒	田山花袋
時は過ぎゆく	田山花袋
温泉めぐり	田山花袋
新世帯・足袋の底 他二篇	徳田秋声
藤村詩抄	島崎藤村自選
破戒	島崎藤村
家 全二冊	島崎藤村
千曲川のスケッチ	島崎藤村
新生 全二冊	島崎藤村
嵐 他二篇	島崎藤村
夜明け前 全四冊	島崎藤村
藤村文明論集	十川信介編
にごりえ・たけくらべ	樋口一葉
大つごもり・十三夜 他五篇	樋口一葉
闇桜・うもれ木 他二篇	樋口一葉
明治劇談 ランプの下にて	岡本綺堂
岡本綺堂随筆集	千葉俊二編
高野聖・眉かくしの霊	泉鏡花
歌行燈	泉鏡花
夜叉ケ池・天守物語	泉鏡花
草迷宮	泉鏡花
春昼・春昼後刻	泉鏡花
鏡花短篇集	川村二郎編
日本橋	泉鏡花
照葉狂言	泉鏡花
婦系図 全二冊	泉鏡花
外科室・海城発電 他五篇	泉鏡花
辰巳巷談・通夜物語	泉鏡花
海神別荘 他二篇	泉鏡花
鏡花随筆集	吉田昌志編
化鳥・三尺角 他六篇	泉鏡花
鏡花紀行文集	田中励儀編
俳句はかく解しかく味う	高浜虚子
俳諧師・続俳諧師	高浜虚子
俳句への道	高浜虚子
回想 子規・漱石	高浜虚子
泣菫詩抄	薄田泣菫
有明詩抄	蒲原有明
上田敏全訳詩集	山内義雄・矢野峰人編

小さき者へ・生れ出ずる悩み	有島武郎
一房の葡萄 他四篇	有島武郎
寺田寅彦随筆集 全五冊	小宮豊隆編
藪柑子集	吉村冬彦
柿の種	寺田寅彦
与謝野晶子歌集	与謝野晶子自選
与謝野晶子評論集	鹿野政直・香内信子編
長塚節歌集	斎藤茂吉選
腕くらべ	永井荷風
つゆのあとさき	永井荷風
濹東綺譚	永井荷風
珊瑚集 —仏蘭西近代抒情詩選	永井荷風訳
荷風随筆集 全二冊	野口冨士男編
おかめ笹	永井荷風
摘録 断腸亭日乗 全二冊	永井荷風・磯田光一編
すみだ川・新橋夜話 他一篇	永井荷風
あめりか物語	永井荷風
ふらんす物語	永井荷風
荷風俳句集	加藤郁乎編
斎藤茂吉歌集	山口茂吉・柴生田稔・佐藤佐太郎編
斎藤茂吉歌論集	柴生田稔編
斎藤茂吉随筆集	阿川弘之・北杜夫編
桑の実	鈴木三重吉
鈴木三重吉童話集	勝尾金弥編
小僧の神様 他十篇	志賀直哉
暗夜行路 全二冊	志賀直哉
高村光太郎詩集	高村光太郎
北原白秋歌集	高野公彦編
フレップ・トリップ	北原白秋
野上弥生子短篇集	加賀乙彦編
迷路 全二冊	野上弥生子
友情	武者小路実篤
銀の匙	中勘助
菩提樹の蔭 他二篇	中勘助
犬 他一篇	中勘助
中勘助詩集	谷川俊太郎編
若山牧水歌集	伊藤一彦編
新編 みなかみ紀行	若山牧水・池内紀編
新編 百花譜百選	木下杢太郎画・前川誠郎編
新編 啄木歌集	久保田正文編
吉野葛・蘆刈	谷崎潤一郎
幼少時代	谷崎潤一郎
谷崎潤一郎随筆集	篠田一士編
文章の話	里見弴
里見弴随筆集	紅野敏郎編
萩原朔太郎詩集	三好達治選
郷愁の詩人 与謝蕪村	萩原朔太郎
猫町 他十七篇	萩原朔太郎・清岡卓行編
恩讐の彼方に・忠直卿行状記 他八篇	菊池寛
半自叙伝・無名作家の日記 他四篇	菊池寛
或る少女の死まで 他二篇	室生犀星

随筆 女ひと　室生犀星
出家とその弟子　倉田百三
苦の世界　宇野浩二
神経病時代・若き日　広津和郎
新編 同時代の作家たち　広津和郎／紅野敏郎編
羅生門・鼻・芋粥・偸盗　芥川竜之介
地獄変・邪宗門・好色・藪の中 他七篇　芥川竜之介
河童 他二篇　芥川竜之介
歯車 他二篇　芥川竜之介
蜘蛛の糸・杜子春・トロッコ 他十七篇　芥川竜之介
侏儒の言葉・文芸的な、余りに文芸的な　芥川竜之介
芥川竜之介書簡集　石割透編
芥川竜之介俳句集　加藤郁乎編
小説永井荷風伝 他三篇　佐藤春夫
日輪・春は馬車に乗って 他八篇　横光利一
上海　横光利一
宮沢賢治詩集　谷川徹三編

童話集 風の又三郎 他十八篇　宮沢賢治／谷川徹三編
童話集 銀河鉄道の夜 他十四篇　宮沢賢治／谷川徹三編
山椒魚・遙拝隊長 他七篇　井伏鱒二
川釣り　井伏鱒二
井伏鱒二全詩集　井伏鱒二
伊豆の踊子・温泉宿 他四篇　川端康成
雪国　川端康成
山の音　川端康成
川端康成随筆集　川西政明編
三好達治随筆集　中野孝次編
詩を読む人のために　三好達治
藝術に関する走り書的覚え書　中野重治
檸檬《レモン》・冬の日 他九篇　梶井基次郎
蟹工船 一九二八・三・一五　小林多喜二
小林多喜二の手紙　荻野富士夫編
防雪林・不在地主　小林多喜二
独房・党生活者　小林多喜二

風立ちぬ・美しい村　堀辰雄
菜穂子 他五篇　堀辰雄
富嶽百景・走れメロス 他八篇　太宰治
ヴィヨンの妻・桜桃 他八篇　太宰治
斜陽 他一篇　太宰治
人間失格・グッド・バイ 他一篇　太宰治
津軽　太宰治
お伽草紙・新釈諸国噺　太宰治
青年の環 全五冊　野間宏
日本唱歌集　堀内敬三／井上武士編
日本童謡集　与田準一編
近代日本人の発想の諸形式 他四篇　伊藤整
中原中也詩集　大岡昇平編
ランボオ詩集　中原中也訳
晩年の父　小堀杏奴
風浪・蛙昇天 —木下順二戯曲選I　木下順二
玄朴と長英 他三篇　真山青果

随筆滝沢馬琴	真山青果
みそっかす	幸田文
随筆集 団扇の画	柴田宵曲 小出昌洋編
いちご姫・蝴蝶 他二篇	山田美妙 十川信介校訂
貝殻追放抄	水上滝太郎
銀座復興 他三篇	水上滝太郎
随筆集 明治の東京	鏑木清方 山田肇編
幕末維新パリ見聞記 —成島柳北「航西日乗」・栗本鋤雲「暁窓追録」	井田進也校注
石橋忍月評論集	石橋忍月
立原道造・堀辰雄翻訳集 —林檎みのる頃・窓	
中谷宇吉郎随筆集	樋口敬二編
雪	中谷宇吉郎
中谷宇吉郎紀行集 アラスカの氷河	渡辺興亜編
伊東静雄詩集	杉本秀太郎編
古泉千樫歌集	土屋文明 橋本徳寿編
冥途・旅順入城式	内田百閒
東京日記 他六篇	内田百閒

西脇順三郎詩集	那珂太郎編
草野心平詩集	入沢康夫編
評論集 滅亡について 他三十篇	武田泰淳 川西政明編
耽溺	岩野泡鳴
新編 山と渓谷	田部重治 近藤信行編
日本児童文学名作集 全二冊	桑原三郎 千葉俊二編
山月記・李陵 他九篇	中島敦
新選 山のパンセ	串田孫一自選
新美南吉童話集	千葉俊二編
摘録 劉生日記	岸田劉生 酒井忠康編
量子力学と私	朝永振一郎 江沢洋編
科学者の自由な楽園	朝永振一郎 江沢洋編
新編 おらんだ正月	森銑三 小出昌洋編
自註鹿鳴集	会津八一
窪田空穂歌集	大岡信編
明治文学回想集 全二冊	十川信介編
梵雲庵雑話	淡島寒月

明治のおもかげ	鶯亭金升
新編 学問の曲り角	河野与一 原二郎編
碧梧桐俳句集	栗田靖編
林芙美子随筆集	武藤康史編
林芙美子紀行集 下駄で歩いた巴里	立松和平編
日本近代文学評論選 全二冊	千葉俊二 坪内祐三編
浄瑠璃素人講釈 全二冊	杉山其日庵 内山美樹子 桜井弘編
食道楽 全二冊	村井弦斎
酒道楽	村井弦斎
五足の靴	五人づれ
尾崎放哉句集	池内紀編
ぷえるとりこ日記	有吉佐和子
日本の島々、昔と今。	有吉佐和子
江戸川乱歩短篇集	千葉俊二編
堕落論・日本文化私観 他二十二篇	坂口安吾
桜の森の満開の下・白痴 他十二篇	坂口安吾
風と光と二十の私と・いずこへ 他十六篇	坂口安吾

大地と星輝く天の子 全二冊　小田実
久生十蘭短篇選　川崎賢子編
六白金星・可能性の文学 他十一篇　織田作之助
夫婦善哉 正続 他十二篇　織田作之助
わが町・青春の逆説　織田作之助
歌の話・歌の円寂する時 他一篇　折口信夫
死者の書・口ぶえ　折口信夫
釈迢空歌集　折口信夫　富岡多惠子編
折口信夫古典詩歌論集　藤井貞和編
汗血千里の駒 —坂本龍馬君之伝　坂崎紫瀾　林原純生校注
山川登美子歌集　今野寿美編
加藤楸邨句集　森澄雄　矢島房利編
明石海人歌集　村井紀編
日本近代短篇小説選 全六冊　紅野敏郎・紅野謙介　千葉俊二・宗像和重　山田俊治編
自選 谷川俊太郎詩集
訳詩集 月下の一群　堀口大學訳
訳詩集 白孔雀　西條八十訳

《別冊》

増補 フランス文学案内　渡辺一夫　鈴木力衛
増補 ドイツ文学案内　手塚富雄　神品芳夫
ギリシア・ローマ 古典文学案内　高津春繁　斎藤忍随
ことばの贈物 —岩波文庫の名句365　岩波文庫編集部編
読書のすすめ　岩波文庫編集部編
近代日本思想案内　鹿野政直
読書という体験　岩波文庫編集部編
岩波文庫の80年　岩波文庫編集部編
近代日本文学案内　十川信介
ポケットアンソロジー 生の深みを覗く　中村邦生編
ポケットアンソロジー この愛のゆくえ　中村邦生編
読書のとびら　岩波文庫編集部編
スペイン文学案内　佐竹謙一

《ドイツ文学》〔赤〕

ニーベルンゲンの歌 全二冊	相良守峯訳
ラオコオン —絵画と文学との限界について	レッシング 斎藤栄治訳
エミーリア・ガロッティ ミス・サラ・サンプソン	レッシング 田邊玲子訳
若きウェルテルの悩み	ゲーテ 竹山道雄訳
ヴィルヘルム・マイスターの修業時代 全三冊	ゲーテ 山崎章甫訳
ヘルマンとドロテーア	ゲーテ 佐藤通次訳
イタリア紀行 全三冊	ゲーテ 相良守峯訳
ファウスト 全二冊	ゲーテ 相良守峯訳
ゲーテとの対話 全三冊	エッカーマン 山下肇訳
三十年戦史 全二冊	シルレル 渡辺格司訳
ヴァレンシュタイン	シラー 濱川祥枝訳
ヘルダーリン詩集	川村二郎訳
青い花	ノヴァーリス 青山隆夫訳
完訳 グリム童話集 全五冊	金田鬼一訳
牡猫ムルの人生観 全二冊	ホフマン 秋山六郎兵衛訳
水妖記（ウンディーネ）	フーケー 柴田治三郎訳
ペンテジレーア	クライスト 吹田順助訳
影をなくした男	シャミッソー 池内紀訳
ハイネ 歌の本	井上正蔵訳
流刑の神々・精霊物語	ハイネ 小沢俊夫訳
冬物語 —ドイツ	ハイネ 井汲越次訳
ロマンツェーロー 全二冊	ハイネ 井汲越次訳
ユーディット 他一篇	ヘッベル 吹田順助訳
水晶 他三篇 —石さまざま	シュティフター 手塚富雄・藤村宏訳
ブリギッタ・森の泉 他一篇	シュティフター 宇多五郎・高安国世訳
ウィーンの辻音楽師 他一篇	グリルパルツァー 福田宏年訳
みずうみ 他四篇	シュトルム 関泰祐訳
大学時代・広場のほとり 他四篇	シュトルム 関泰祐訳
美しき誘い 他一篇	シュトルム 国松孝二訳
聖ユルゲンにて・後見人カルステン 他一篇	シュトルム 国松孝二訳
花・死人に口なし 他七篇	シュニッツラー 番匠谷英一・山本有三訳
ゲオルゲ詩集	手塚富雄訳
リルケ詩集	高安国世訳
ドゥイノの悲歌	リルケ 手塚富雄訳
ブッデンブローク家の人びと 全三冊	トーマス・マン 望月市恵訳
トオマス・マン短篇集	実吉捷郎訳
魔の山 全二冊	トーマス・マン 関泰祐・望月市恵訳
トニオ・クレエゲル	トオマス・マン 実吉捷郎訳
ヴェニスに死す	トオマス・マン 実吉捷郎訳
ワイマルのロッテ 全二冊	トーマス・マン 望月市恵訳
車輪の下	ヘルマン・ヘッセ 実吉捷郎訳
デミアン	ヘルマン・ヘッセ 実吉捷郎訳
シッダルタ	ヘッセ 手塚富雄訳
美しき惑いの年	カロッサ 手塚富雄訳
若き日の変転	カロッサ 斎藤栄治訳
幼年時代	カロッサ 斎藤栄治訳
指導と信従	カロッサ 国松孝二訳
マリー・アントワネット 全二冊	シュテファン・ツワイク 高橋禎二・秋山英夫訳
ジョゼフ・フーシェ —ある政治的人間の肖像	シュテファン・ツワイク 高橋禎二・秋山英夫訳
変身・断食芸人	カフカ 山下肇・山下萬里訳

審判　カフカ　辻瑆訳
カフカ短篇集　池内紀編訳
カフカ寓話集　池内紀編訳
ガリレイの生涯　ベルトルト・ブレヒト　岩淵達治訳
天と地との間　オットー・ルートヴィヒ　黒川武敏訳
ほらふき男爵の冒険　ビュルガー編　新井皓士訳
ドイツ炉辺ばなし集 —カレンダーゲシヒテン　ヘーベル　木下康光編訳
憂愁夫人　ズーデルマン　相良守峯訳
短篇集 死神とのインタヴュー　ノサック　神品芳夫訳
悪童物語　ルウドキヒ・トオマ　実吉捷郎訳
愛の完成・静かなヴェロニカの誘惑　ムージル　古井由吉訳
芸術を愛する一修道僧の真情の披瀝　ヴァッケンローダー　江川英一訳
ハインリヒ・ベル短篇集　青木順三編訳
ウィーン世紀末文学選　池内紀編訳
大理石像・デュランデ城悲歌　アイヒェンドルフ　関泰祐訳
ホフマンスタール詩集　川村二郎訳
陽気なヴッツ先生 他一篇　ジャン・パウル　岩田行一訳

蜜蜂マアヤ　ボンゼルス　実吉捷郎訳
インド紀行 全二冊　ボンゼルス　実吉捷郎訳
ドイツ名詩選　生野幸吉・檜山哲彦編
果てしなき逃走　ヨーゼフ・ロート　平田達治訳
聖なる酔っぱらいの伝説 他四篇　ヨーゼフ・ロート　池内紀訳
暴力批判論 他十篇 —ベンヤミンの仕事1　ヴァルター・ベンヤミン　野村修編訳
ボードレール 他五篇 —ベンヤミンの仕事2　ヴァルター・ベンヤミン　野村修編訳
罪なき罪 全二冊 —エフィ・ブリースト　フォンターネ　加藤一郎訳
ヴォイツェク ダントンの死 レンツ　ビューヒナー　岩淵達治訳

《フランス文学》〔赤〕

ラブレー第一之書 ガルガンチュワ物語　渡辺一夫訳
ラブレー第二之書 パンタグリュエル物語　渡辺一夫訳
ラブレー第三之書 パンタグリュエル物語　渡辺一夫訳
ラブレー第四之書 パンタグリュエル物語　渡辺一夫訳
ラブレー第五之書 パンタグリュエル物語　渡辺一夫訳
トリスタン・イズー物語　ベディエ編　佐藤輝夫訳
ラ・ロシュフコー箴言集　二宮フサ訳

フェードル・アンドロマック　ラシーヌ　渡辺守章訳
ブリタニキュス・ベレニス　ラシーヌ　渡辺守章訳
タルチュフ　モリエール　鈴木力衛訳
ドン・ジュアン —石像の宴　モリエール　鈴木力衛訳
町人貴族　モリエール　鈴木力衛訳
守銭奴　モリエール　鈴木力衛訳
病は気から　モリエール　鈴木力衛訳
完訳 ペロー童話集　新倉朗子訳
ラ・フォンテーヌ 寓話 全二冊　今野一雄訳
クレーヴの奥方 他二篇　ラファイエット夫人　生島遼一訳
カラクテール 全三冊 —当世風俗誌　ラ・ブリュイエール　関根秀雄訳
偽りの告白　マリヴォー　鈴木力衛訳
贋の侍女・愛の勝利　マリヴォー　佐藤実枝・井村順一訳
カンディード 他五篇　ヴォルテール　植田祐次訳
マノン・レスコー　アベ・プレヴォ　河盛好蔵訳
ジル・ブラース物語 全四冊　ル・サージュ　杉捷夫訳
美味礼讃 全二冊　ブリア-サヴァラン　関根秀雄・戸部松実訳

アドルフ　コンスタン　大塚幸男訳
赤と黒　全二冊　スタンダール　桑原武夫・生島遼一訳
パルムの僧院　全二冊　スタンダール　生島遼一訳
知られざる傑作　他五篇　バルザック　水野亮訳
従兄ポンス　全二冊　バルザック　水野亮訳
谷間のゆり　バルザック　宮崎嶺雄訳
「絶対」の探求　バルザック　水野亮訳
ゴリオ爺さん　全二冊　バルザック　高山鉄男訳
ゴプセック・毬打つ猫の店　バルザック　芳川泰久訳
サラジーヌ　他三篇　バルザック　芳川泰久訳
艶笑滑稽譚　全三冊　バルザック　石井晴一訳
レ・ミゼラブル　全四冊　ユーゴー　豊島与志雄訳
死刑囚最後の日　ユーゴー　豊島与志雄訳
エルナニ　ユゴー　稲垣直樹訳
モンテ・クリスト伯　全七冊　アレクサンドル・デュマ　山内義雄訳
三銃士　全二冊　デュマ　生島遼一訳
カルメン　メリメ　杉捷夫訳

メリメ怪奇小説選　杉捷夫編訳
愛の妖精（プチット・ファデット）　ジョルジュ・サンド　宮崎嶺雄訳
フランス田園伝説集　ジョルジュ・サンド　篠田知和基訳
ボオドレール 悪の華　鈴木信太郎訳
パリの憂愁　ボードレール　福永武彦訳
ボヴァリー夫人　全二冊　フローベール　伊吹武彦訳
感情教育　全二冊　フローベール　生島遼一訳
椿姫　デュマ・フィス　吉村正一郎訳
プチ・ショーズ　—ある少年の物語　ドーデ　原千代海訳
シルヴェストル・ボナールの罪　アナトール・フランス　伊吹武彦訳
エピクロスの園　アナトール・フランス　大塚幸男訳
脂肪のかたまり　モーパッサン　高山鉄男訳
ベラミ　全二冊　モーパッサン　杉捷夫訳
モーパッサン短篇選　高山鉄男編訳
地獄の季節　ランボオ　小林秀雄訳
にんじん　ルナアル　岸田国士訳
ぶどう畑のぶどう作り　ルナアル　岸田国士訳

ジャン・クリストフ　全四冊　ロマン・ローラン　豊島与志雄訳
散文詩 夜の歌　フランシス・ジャム　三好達治訳
フランシス・ジャム詩集　手塚伸一訳
三人の乙女たち　フランシス・ジャム　手塚伸一訳
狭き門　アンドレ・ジイド　川口篤訳
続コンゴ紀行　—チャド湖より還る　アンドレ・ジイド　杉捷夫訳
パリュウド　アンドレ・ジイド　小林秀雄訳
ヴァレリー詩集　ポール・ヴァレリー　鈴木信太郎訳
ムッシュー・テスト　ポール・ヴァレリー　清水徹訳
精神の危機　他十五篇　ポール・ヴァレリー　恒川邦夫訳
地獄　アンリ・バルビュス　田辺貞之助訳
朝のコント　フィリップ　淀野隆三訳
シラノ・ド・ベルジュラック　ロスタン　辰野隆・鈴木信太郎訳
恐るべき子供たち　コクトー　鈴木力衛訳
人はすべて死す　全二冊　ボーヴォワール　川口篤・田中敬一訳
セヴィニェ夫人手紙抄　井上究一郎訳
地底旅行　ジュール・ヴェルヌ　朝比奈弘治訳

- 八十日間世界一周 ジュール・ヴェルヌ 鈴木啓二訳
- 海底二万里 全二冊 ジュール・ヴェルヌ 朝比奈美知子訳
- 結婚十五の歓び 新倉俊一訳
- 死霊の恋・ポンペイ夜話 他三篇 ゴーチエ 田辺貞之助訳
- キャピテン・フラカス 全三冊 ゴーティエ 田辺貞之助訳
- モーパン嬢 全二冊 テオフィル・ゴーチエ 井村実名子訳
- 十二の恋の物語 ―マリー・ド・フランスのレー マリー・ド・フランス 月村辰雄訳
- 牝猫（めすねこ） コレット 工藤庸子訳
- シェリ コレット 工藤庸子訳
- 生きている過去 レニエ 窪田般彌訳
- シュルレアリスム宣言・溶ける魚 アンドレ・ブルトン 巖谷國士訳
- ナジャ アンドレ・ブルトン 巖谷國士訳
- 不遇なる一天才の手記 ヴォーヴナルグ 関根秀雄訳
- フランス民話集 新倉朗子編訳
- チェルミニィ・ラセルトゥウ ゴンクウル兄弟 大西克和訳
- ゴンクールの日記 全二冊 斎藤一郎編訳
- 短篇集 恋の罪 サド 植田祐次訳
- フランス名詩選 安藤元雄 入沢康夫 渋沢孝輔 編
- グラン・モーヌ アラン＝フルニエ 天沢退二郎訳
- 狐物語 鈴木覚 福本直之 原野昇 訳
- 繻子の靴 全二冊 ポール・クローデル 渡辺守章訳
- 幼なごころ ヴァレリー・ラルボー 岩崎力訳
- 心変わり ミシェル・ビュトール 清水徹訳
- けものたち・死者の時 ピエール・ガスカール 渡辺一夫 佐藤輝夫 二宮敬 訳
- 自由への道 全六冊 サルトル 海老坂武 澤田直 訳
- 物質的恍惚 ル・クレジオ 豊崎光一訳
- 悪魔祓い ル・クレジオ 高山鉄男訳
- 女中たち／バルコン ジャン・ジュネ 渡辺守章訳
- 失われた時を求めて 全十四冊（既刊六冊） プルースト 吉川一義訳
- 丘 ジャン・ジオノ 山本省訳
- 子ども 全二冊 ジュール・ヴァレス 朝比奈弘治訳
- アルゴールの城にて ジュリアン・グラック 安藤元雄訳
- シルトの岸辺 ジュリアン・グラック 安藤元雄訳